SANNA H.

Der Traum in einem Spiegel

Ein emotionales Doppelleben

Das erste Buch der Romanreihe
„Wie unsere Träume zu Spiegeln werden"

Roman

Nach einer wahren Begebenheit

© 2018 Sanna H.

Umschlaggestaltung: Lightcolor Photography
(by Luisa Schnoor)
Lektorat: Dr. Birgit Siekmann

tredition GmbH, Hamburg

ISBN Paperback: 978-3-7469-0399-6
ISBN Hardcover: 978-3-7469-0400-9
ISBN e-Book: 978-3-7469-0401-6

Zu diesem Buch

Es ist ein gefährlicher Tanz auf dem Vulkan.
Jedes Mal, wenn Leo sich verändert, geht sie
damit das Risiko ein, entlarvt zu werden.
Eigentlich ist sie ein Mädchen wie tausend
andere auch. Wäre da nicht ihr kleines
Geheimnis, welches sie ständig mit sich
herumträgt. Für die meisten Dorfbewohner ist
sie entweder das kleine, hinterhältige
Miststück oder eben der penetrante Teenager,
der lediglich seine Grenzen austestet. Ihre
Veränderungen werden von vielen Leuten nur
als „kleine Phase" abgetan. Dabei scheint
niemand zu bemerken, was wirklich in ihrem
Kopf vor sich geht, und diejenigen, die
meinen, etwas zu erahnen, gehen mit ihrer
Vermutung völlig in die falsche Richtung.
Nicht einmal Leo selbst ist sich anfangs der
vollen Wahrheit bewusst.
Es sieht fast so aus, als würde ihr jede Aussicht
auf ein normales, unbeschwertes Leben
verwehrt bleiben, doch dann kommt es zu
einer unerwarteten, schicksalhaften
Begegnung.

„Der Traum in einem Spiegel – ein emotionales Doppelleben" ist lediglich der erste Roman der Buchreihe „Wie unsere Träume zu Spiegeln werden". Die Autorin erzählt damit eine packende und mitreißende Geschichte mit einem äußerst interessanten Wendepunkt und veranschaulicht damit den Alltag einer intersexuellen Frau, die zu Beginn der Handlung noch nicht die Courage besitzt, der Welt gegenüber ein offenes Geständnis abzulegen.

Für alle, die nicht den Mut besitzen,
zu sich selbst zu stehen

Träume leben nicht nur in unseren Köpfen. Sie sind meiner Meinung nach die einzige Magie, die real existieren kann.
Doch nicht alle gehen in Erfüllung, so ist doch die Wirklichkeit ein Spiegel, der uns stets in die Realität zurückholt.
Ob und wie ein Traum zu einem Spiegel werden kann, liegt allein in unserer Hand.

PROLOG

Zwei Jahre zuvor

Zögernd blickte ich auf die Straße unter mir. Es wäre so leicht gewesen, allem ein Ende zu bereiten. Es brauchte nur einen Sprung, um endlich frei zu sein. Das Rauschen der rasenden Autos machte mir keine Angst, dafür aber umso mehr die entsetzliche Tiefe. Ich malte mir im Vorhinein nicht aus, dass es so beängstigend sein würde, tatsächlich hinter dem Gerüst einer Brücke zu stehen. So sehr ich mich auch darum bemühte, meine vor Kälte erstarrten Hände ließen einfach nicht los. Was hinderte mich daran? Eine Zukunft gab es doch sowieso nicht für mich, zumindest keine, mit der ich mich abfinden konnte. War es die Angst vor dem harten Aufprall? Womöglich würde ich ihn gar nicht spüren. Noch ehe ich am Boden ankäme, würde mich das Bewusstsein verlassen. Doch was, wenn ich den Sturz überlebte? Wie sollte ich mich dafür rechtfertigen? Welchen Grund gab es für mich in den Augen meiner Eltern, mich einfach so aus dem Leben davonzuschleichen und war es nicht am Ende sogar feige? Rannte ich damit etwa vor meinen Problemen weg? Was tue ich hier eigentlich?

Wieder einmal gab es Fragen über Fragen, die ich mir selbst nicht beantworten konnte. Im Grunde liebte ich das Leben. „Jeden verlässt mal der Mut zum Weitermachen.", dachte ich. Das war aber noch lange kein Grund, Unschuldige mit ins Unglück zu reißen. Wie sollte es demjenigen ergehen, der für meinen Tod verantwortlich war, auf dessen Windschutzscheibe ich schließlich fallen würde? In mir breitete sich jetzt bereits das schlechte Gewissen aus. Ich war erst dreizehn Jahre alt, noch viel zu jung, um meinem Schicksal zu entfliehen. Es war ja durchaus möglich, dass das Leben mich auf eine Probe stellen wollte. Vielleicht gab es für uns nur das Ungewisse. Ja, ich wagte sogar zu behaupten, dass sich niemand seiner Zukunft sicher sein durfte. Angenommen, der nach außen hin reichste und glücklichste Mensch, den es auf Erden gab, stünde zusammen mit mir hier an dieser Stelle, hinter dem Geländer der

Autobahnbrücke, konnte ich mir sicher sein, dass er nicht sprang? Besaß man genügend schauspielerisches Talent, so war es nicht schwer, der Öffentlichkeit eine heile Welt vorzugaukeln. Schon immer beneidete ich diejenigen, die ihren Gefühlen freien Lauf ließen und weinten, wann immer sie den Drang danach verspürten. Obwohl mein Leben die perfekte Tragödie war, vermochte ich dies nicht zu tun. Ich dachte stets, ich müsste mein Gesicht wahren und verlor dabei das tatsächliche Selbstbewusstsein, dass ich mir und der Welt gegenüber Tag für Tag vortäuschte.

Lediglich die Gewissheit darüber, dass andere Menschen meine Probleme teilten und nur zu gut wussten, wie ich mich fühlte, trieb mich wieder nach Hause. Dort würde ich nun in der großen Wohnstube am Abendbrottisch sitzen und mir wie üblich nichts anmerken lassen. Ich würde lachen und geschmacklose, alberne Scherze machen, doch niemand am Tisch wusste, wie es wirklich in mir aussah – niemand.

KAPITEL 1

Gott sei Dank gibt es Schminke!

Ich kann mich noch genau daran erinnern, wie es war, als ich zum ersten Mal geschminkt die kleine Dorfschule betrat, an der ich meinen Abschluss absolvierte. Es war ein verregneter, kühler Spätsommermorgen mitten im August und in wenigen Stunden sollte das neue Schuljahr beginnen. Als mein schrill klingender Wecker schellte, war ich immer noch wach. Ich hatte die ganze Nacht über kein Auge zugetan. Zu groß war die Aufregung und meine Furcht davor, dass meine Mitschüler mich wegen meines ungewöhnlichen äußeren Auftretens „fertigmachen" könnten. Ich hätte auch einfach ungeschminkt in die Schule gehen können, das wäre wahrscheinlich klüger gewesen, aber ich schämte mich für mein Gesicht. Die männliche Gesichtsbehaarung war zu einem Problem geworden, das sich nur schwer beheben ließ. Schon frühzeitig musste ich mir mit fünfzehn Jahren etwas einfallen lassen, um mich nicht durch lästige Stoppeln im Gesicht in peinliche Situationen zu bringen. Fremde sahen es mir nie an, dass es sich bei mir damals nicht um ein „gewöhnliches" Mädchen handelte. Weder hatte ich eine tiefe, jungenhafte Stimme noch einen Adamsapfel. Meine Stimme war ebenso weich wie die eines jeden Mädchens. Schon früher wurde mir oft gesagt, dass ich wunderschöne, große grüne Augen hätte. Das schmeichelte mir natürlich sehr, zumal es mir noch nie gelingen wollte, mich mit der mir zugedachten Geschlechtsrolle zu identifizieren. So sehr ich mich auch bemühte, das weibliche Verhalten konnte ich in keiner Weise abstellen, obwohl ich im Laufe der Zeit die Lüge so gut aufrecht erhielt, dass es mittlerweile an der Zeit für einen Oscar gewesen wäre. Nur dieser Bartwuchs bleib jahrelang mein größtes Problem. Ich entwickelte eine Haarentfernungsmethode, die zugegebenermaßen ihre Schattenseiten hatte. Mit einigem Kraftaufwand drückte ich die messerscharfe Rasierklinge, die ich zuvor in heißem Wasser erhitzte, auf meine Haut und ratschte immer wieder ruckartig entgegen der Haarwuchsrichtung auf meiner Haut herum. Das war eine sehr schmerzhafte Tortur und hinterließ dicke rote Narben in meinem Gesicht. Nicht selten kam es vor, dass es anfing, unaufhörlich zu bluten. Auch nach Stunden, manchmal sogar Tage nach der Rasur schmerzte meine Haut, sobald man sie auch nur flüchtig streifte. Da ich einen starken, dicken Haarwuchs hatte, war es mir unmöglich, auch nur einen Tag mit dem Rasieren auszusetzen. Es reichte schließlich nicht, wenn die Haare einigermaßen entfernt waren. Alles musste glatt sein wie ein Baby-Popo und man durfte nicht einmal mehr mit einer Lupe auch nur die geringsten Stoppeln erkennen. Das mochte für viele nicht nachvollziehbar sein, aber nur so habe ich mich wohl gefühlt, da Frauen für gewöhnlich nicht an einer Gesichtsbehaarung leiden. Diese entstellenden Narben und die überdeutlich sichtbaren Wunden in meinem Gesicht waren der Grund, weshalb ich mich schließlich dazu entschloss, sie unter mehreren dicken Schichten Make-up und sehr viel Gesichtspuder zu verbergen. Es war unfassbar aufwendig, aber es hatte seine Wirkung. Man konnte tatsächlich nicht mehr die kleinste Rötung im Gesicht wahrnehmen und niemand hätte auch nur ansatzweise vermutet, was sich unter meiner Make-up-Schicht verbarg. Doch das alles wirkte eher wie eine Maske. Aufgrund meiner viel zu hellen Haut war ich gezwungen, einen eben so hellen Meke-up-Ton zu wählen und dadurch ähnelte meine Haut ohne Rouge und Konturpuder der eines Vampirs. Meine weiblichen Gesichtszüge waren dennoch unschwer zu erkennen. Auch wenn es für mich gefährlich war, so das Haus zu verlassen, konnte ich einfach nicht mehr darauf verzichten – sehr zum Missfallen meiner Mutter, die mir ihre Abneigung gegenüber meiner femininen Art nicht vorenthielt und jede Gelegenheit nutzte, um mit verletzenden auf meine Unzulänglichkeit hinzuweisen. Meine Mutter war einer der wenigen, die um mein Geheimnis wussten. Anders als meine damalige beste Freundin stand sie nicht im Geringsten hinter mir und sie versuchte mit allen denkbaren Mitteln, meine – wie sie es nannte „Neigungen" zu unterdrücken. Sie hatte es damals nicht verstehen können, dass sich ein Junge im falschen Körper geboren fühlen könnte. Ich verstand das sogar. Nur mit Mühe hatten meine Eltern sich ein eigenes Unternehmen aufgebaut. Die Legehennenwirtschaft war seit jeher ein auf dem Land weit verbreitetes und enorm wichtiges Geschäft. Meine Mutter, Constanze Schöbel, war die alleinige

14

Geschäftsführerin und pflegte Kontakt zu wichtigen Geschäftspartnern. Sogar einen eigenen kleinen Hofladen hatten meine Eltern sich aufgebaut und so nach und nach verfügten sie über ihre festen Stamm- und Großhändlerkunden. So standen meine Eltern für Dorfverhältnisse extrem im Licht der Öffentlichkeit und jeder in dem kleinen Dorf kannte ihre Namen. Es kostete mich ein hohes Maß an Durchsetzungsvermögen, mein Haar wachsen lassen zu dürfen. Meine Eltern waren bisher stets der Ansicht, dass Jungen keine langen Haare tragen. Schon gar nicht durften sie ihr Haar schwarz färben oder es allzu sehr pflegen. So etwas taten nach Auffassung aller Dorfbewohner nur „Gruftis" oder Homosexuelle und dazu durfte das eigene Kind unter gar keinen Umständen zählen. Nicht einmal vermuten sollte man es, denn das Getuschel der Leute war für meine Eltern unerträglich. Zu gerne hätte ich ihnen diese Peinlichkeit erspart, aber der Wunsch, durch langes gefärbtes Haar ein noch weiblicheres Äußeres zu erlangen, war schließlich doch größer.

Doch sollten meine Eltern recht behalten. Die Menschen im Dorf lachten über mich und sie genossen es, wenn sie mir durch ihre „kleinen Gemeinheiten" unter Beweis stellen konnten, dass ich nicht in die gewünschte Norm passte.

Ja, sie nutzten wirklich jede Gelegenheit, um mich schlecht dastehen zu lassen. Dabei war es egal, ob es sich um Gleichaltrige oder alte Leute handelte. Alle waren derselben Meinung. Allerdings hatte ich gelernt, das alles mit einem Lächeln zu verdrängen. Ich schenkte dem Geläster gar keine Beachtung mehr. Irgendwann wusste ich, wie ich damit umzugehen hatte.

So gehörte das Schminken also zum allererersten Mal zur täglichen Morgenroutine, wenn ich mich für die Schule fertig machte. Selbstverständlich erfand ich dafür eine zugegebenermaßen unglaubwürdige Ausrede. Ich behauptete, ich sei an einer Flechte im Gesicht erkrankt, die von einer allergischen Reaktion hervorgerufen wurde und das Zeug in meinem Gesicht war demnach keine Schminke, sondern eine vom Hautarzt extra für mich angefertigte Abdeckcreme, für die ich angeblich viel Geld bezahlen musste. Mir war immer bewusst, dass mir das keiner abkaufen würde, aber das war um Längen besser, als sich offen zu bekennen.

Als ich an diesem Morgen im Badezimmer stand, um mich für den ersten Schultag zurechtzumachen, konnte ich mir wie fast jeden Morgen nur mit Mühe das Ausbrechen eines Tränenmeers verkneifen. Es tat weh, sich in Jungenkleidung der Öffentlichkeit präsentieren zu müssen. Doch wie immer stellte ich mir vor, dass es auch anders hätte sein können. In Gedanken trug ich einen kurzen schwarzen Stoffrock, der an der Seite einen Reißverschluss hatte. Am Oberkörper trug ich eine modische dunkelblaue Bluse, die ich weit aufgeknöpft ließ, unter dem viel kurzen Rock trug ich eine blickdichte schwarze Strumpfhose und an den Füßen elegante, aber dennoch schlichte Stiefel mit kleinen Absätzen. Doch das alles waren nur Träume.

Ich war gerade dabei, meine Haare zu glätten, als ich es klopfen hörte.

„Bist du bald fertig, Leon? Dein Vater wartet schon auf dich, er fährt dich heute Morgen zur Schule. Komm nicht zu spät, hörst du?", rief mir meine Mutter noch halb verschlafen zu.

Das war in der Tat eine merkwürdige Situation, da ich nicht wusste, wie mein Vater auf die Schminke reagieren würde. Ich hoffte, dass er sie nicht bemerkte und beeilte mich mit dem Anziehen, damit ich nicht zu spät kam. In Windeseile zog ich ein zu weites schwarzes Polo-T-Shirt und meine dunkelblaue Lieblingsjeans, die der einer Mädchenhose sehr ähnlich war, an. Natürlich durfte ein elegantes, neutrales Herrenoberhemd nicht fehlen. Wobei ich diesen Ausdruck üblicherweise vermied, denn „Herrenoberhemd" war mir ein einfach viel zu männlich und darum betitelte ich es stets als „Bluse". Noch schnell einen besonders mild riechenden „Herrenduft" aufgetragen und ich war fertig für die Schule.

„Leon, du kommst zu spät! Wenn du nicht in drei Minuten im Auto sitzt, verliere ich die Geduld!", brüllte meine Mutter durch die Tür.

„Und wenn du nicht gleich von der Tür weggehst, fange ich an zu schreien und dann dauert es noch länger!", dachte ich.

Entnervt pampte ich sie an:

„Ja, ja! Ich habe es schon beim ersten Mal gehört. Schließlich sitze ich ja nicht auf meinen Ohren."

Wortlos ging meine Mutter in ihr Schlafzimmer zurück, wo sie sich wie gewöhnlich noch für ein oder zwei Stunden ins Bett legte.

Glücklicherweise bemerkte mein Vater die Spachtelmasse in meinem Gesicht nicht. Es war aber auch möglich, dass er es nicht merken wollte. So oder so, ich war überglücklich, dass er mich nicht in Verlegenheit brachte, indem er mich darauf ansprach. Während der Autofahrt sprachen wir nicht viel miteinander, aber kurz bevor wir den Parkplatz der Schule erreichten, fragte er mich scherzhaft: „Na, Leon, freust du dich denn schon auf das neue Schuljahr?"

Nein, ich freute mich ganz und gar nicht. Ich hatte solch eine verdammte Angst, wie meine Mitschüler reagieren könnten, dass mir schlecht wurde. Doch genau das durfte ich mir nicht anmerken lassen, ansonsten wäre es wie ein Schuldeingeständnis gewesen. Allerdings fühlte ich mich auch so, als hätte ich ein Verbrechen begangen und nun würde ich dem Richter vorgeführt werden. Meine Klassenkameraden waren die Geschworenen, für die meine Veränderung höchstwahrscheinlich ein gefundenes Fressen sein würde. Scheinbar Selbstbewusst trat ich vor meinem Vater auf und antwortete ihm ernst:

„Ja, ich freue mich, alle wiederzusehen. Die Ferien kamen mir dieses Jahr sehr lang vor, aber immer noch nicht lange genug, um mich wirklich zu erholen."

Zugegeben, das stimmte sogar teilweise. Ich freute mich auf einige wenige Gesichter, vor meinen Freunden brauchte ich keine Angst zu haben. Es waren ja auch nicht die anderen Mädchen, um die ich mir Sorgen machte. Vielmehr waren es die Jungs in meiner Klasse oder die, die in eine Klasse über mir gingen und am Ende dieses Schuljahres ihren Abschluss machten. Noch während der Fahrt wurde mir bewusst, dass es definitiv kein Zuckerschlecken werden würde, so viel war in jedem Fall klar.

Auf dem Schulhof begegnete mir Miriam als erste.

„Na, du! Hattest du schöne Ferien?", lachte sie.

Wie immer, wenn Miriam anfing zu lachen, musste ich es unverzüglich ebenfalls tun. Das lag wohl auch daran, dass sie meine beste Freundin war und unsere Hauptbeschäftigung darin lag, sich den ganzen Tag über irgendwelches dummes Zeugs oder andere Mitschüler köstlich zu amüsieren. Neben Miriam gehörte auch noch Rebecca zu unsere Clique. In der Schule wurden wir von allen immer „Das Dreiergespann" genannt. Sogar die Lehrer nannten uns so. Alle drei waren wir optisch so verschieden, dass die Gegensätze nicht gravierender hätten sein können. Miriam war nur wenige Zentimeter kleiner als ich und hatte ein großes, rundliches Gesicht. Ihr rotes Haar traug sie immer zu einem Pferdeschwanz streng nach hinten gebunden. Sie hielt nicht viel von Schminke oder Kosmetika, ganz anders als Rebecca, die ihre ganze Freizeit damit verbrachte, sich die neusten Schmink-Tutorials im Internet anzusehen. Was beide gemeinsam hatten, war ihr Übergewicht, allerdings kam Miriam damit deutlich besser zurecht als Rebecca. Jede für sich war ein Unikat, doch eine große Gemeinsamkeit verband uns – der geschmacklose, oftmals unangebrachte schwarze Humor.

„Ich bitte dich, Miriam. Die Schule hat mir so gefehlt, dass ich zwischenzeitlich nicht wusste, was ich mit meinem Leben anfangen sollte!" - schluchzte ich.

Miriam wusste einen Augenblick lang nicht, ob ich einen Scherz machte oder ob ich über Nacht zum Streber mutiert war.

„Echt jetzt? Machst du Witze, oder habe ich was verpasst?"

„Du fragst doch jetzt nicht wirklich, ob ich das erst gemeint habe? Natürlich nicht! Aber ich freue mich trotzdem, dich zu sehen, meine kleine Gerda."

Gerda war Miriams Spitzname. Die einzigen, die so nannten, waren Rebecca und ich. Wir erfanden für uns immer wieder neue Spitznamen.

Im selben Moment wandte sich mein Blick zu dem grünen Zaun, der sich am Ende des Schulhofes befand und durch den Sportplatz und Schulhof voneinander getrennt waren. Das durfte einfach nicht wahr sein, was meine Augen da sahen. Da stand doch nicht wirklich ...? Doch, er war es! Leibhaftig stand er mir gegenüber. Marc – der Albtraum all derer, die seiner Ansicht nach nicht der Normalität entsprachen. Warum kam er ausgerechnet jetzt zurück? Ich hoffte, dass es einfach nur ein Trugbild meiner Fantasie war. Nervös kniff ich meine Augen fest zusammen. Wenn ich sie wieder öffne, dachte ich, dann steht da statt des „Riesenbabys" lediglich ein alter Baum, den bisher immer übersehen und fälschlicher Weise für Marc gehalten hatte. Leider wurde mir mein Wunsch nicht erfüllt – ganz im Gegenteil. Als ich die Augen aufschlug, stand er unmittelbar vor mir und lachte mich an. Sein Lachen ließ nichts Gutes ahnen. War es nun ein freundliches Lächeln, das ich eher als ein höfliches „Hallo!" interpretieren durfte oder machte er sich über mich lustig? Ich war mir nicht zu hundert Prozent sicher, aber für mich war es naheliegender, dass sein dummes Grinsen sich eher auf Letzteres bezog.

KAPITEL 2

Die Erklärung, nach der ich immer
gesucht hatte

„Ich finde es wirklich mutig von dir, dass du
dich so in die Schule traust, aber meinst du
nicht, dass es etwas zu offensichtlich ist? Dass
du dich jetzt jeden Tag schminkst, trägt nicht
gerade dazu bei, dass sie dich in Ruhe lassen.
Das ist dir schon bewusst, oder?"

Das fragte Miriam mich einmal kurz nach
Beginn der der neunten Klasse. Gut, sie hatte
ja auch recht. Klar war es waghalsig, aber dass
sie mir das nun auch noch so direkt ins Gesicht
sagte, ließ wieder Zweifel in mir
hochkommen. Scheinbar war ich mir über die
Konsequenzen doch gar nicht so sehr bewusst,
wie ich anfangs dachte. Ich wollte mir aber vor
ihr unter keinen Umständen eine Blöße geben,
also erwiderte ich mit gespielter
Selbstsicherheit:

„Ehrlich gesagt, ist es mir scheißegal, was andere über mich sagen oder denken. So lange sie mich nicht darauf ansprechen, tangiert es mich nicht sonderlich."

Miriam wusste, dass meine Worte vollkommener Schwachsinn waren, denn meine „lieben" Mitschüler teilten mir mit größtem Vergnügen ihre Haltung zu meiner ersten „Veränderung" offen mit und das traf mich sehr wohl, auch wenn ich dies stets abstritt. Ich konnte mir noch so viel Mühe geben, Miriam kannte mich mittlerweile einfach zu gut und es fiel ihr nicht schwer, meine wahren Gedanken zu erraten. Seit nunmehr zwei Jahren war sie meine beste Freundin und die einzige, die neben meiner Mutter über meine „dunkle Seite" Bescheid wusste. Es kam mir so vor, als wenn sie auch die einzige war, die mich verstehen konnte und im Gegensatz zu meiner Mutter versuchte sie gar nicht erst, gegenanzusteuern. Auch wenn sie erst seit Kurzem eingeweiht war, zeigte sie sehr viel Verständnis. Ich glaube, es war auch keine große Überraschung für sie. Was jetzt nun genau mit mir los war, hatte sie nicht geahnt, aber dass etwas in meinem Leben nicht stimmte, hatte sie immer gewusst. Das war schließlich auch der Grund, weshalb ich mein Schweigen brach und sie als erste ins Vertrauen zog. Auch wenn es schwer war, es überhaupt auszusprechen. Wie soll man so was denn auch jemandem unmissverständlich erklären, wenn man nicht mal für sich selbst die passende Erklärung fand?

Die Sommerferien hatten gerade begonnen und wie fast jeden Abend fand um Punkt zwanzig Uhr unsere „Telefonkonferenz" mit Rebecca statt. Rebecca wäre allerdings die Letzte gewesen, bei der ich die Karten offen auf den Tisch hätte legen wollen. Sie konnte einfach nichts für sich behalten und man musste sich darüber bewusst sein, dass sie alles, was sie erfuhr, an die große Glocke hing. Außerdem war Rebecca launisch und wenn sie auf jemanden wütend war, gab es keine Garantie, dass sie nicht alles daran setzte, diesen Menschen überall schlecht zu reden, genau so was konnte ich als Letztes gebrauchen.

Ich hatte im Vorhinein lange mit mir gehadert, ob es leichtsinnig sei, Miriam in alles zu involvieren, denn schließlich hätte ich mich in ihr täuschen können. Die Folgen einer Fehleinschätzung mochte ich mir gar nicht ausmalen. Ich wäre sicher für alle Zeiten erledigt gewesen. Ganz zu schweigen davon, welcher Peinlichkeit ich meiner Familie damit ausgesetzt hätte. Der Drang, endlich mit einer mir nahestehenden Person über alles, was mich bewegte, reden zu können, brach also schlussendlich mein jahrelanges Schweigen.

Rebecca war mal wieder während des Telefonats eingeschlafen, so konnte ich sie – ohne dass sie es merkte – aus der Leitung entfernen. Ich dachte, das war die perfekte Gelegenheit für mich. Zögernd stellte ich Miriam die Frage, ob wir uns nicht gegenseitig unser größtes Geheimnis anvertrauen wollten, denn immerhin kannten wir uns schon seit vielen Jahren. Ich versuchte, selbstbewusst rüber zu kommen, aber bereits als ich die ersten Worte aussprach, wirkte meine Stimme unsicher und aufgelöst. Miriam ahnte, dass mir etwas Bestimmtes auf der Seele brannte.

„Es gibt eigentlich nichts, was du nicht schon über mich weißt. Ich habe dir schon alles erzählt, was du wissen musst und wissen darfst, aber wenn da etwas ist, das du nicht mehr für dich behalten kannst, würde ich dir gerne zuhören. Egal, warum es sich handelt, du kannst auf mich zählen", beruhigte sie mich aufmunternd.

„Weißt du, manchmal ist es nicht so einfach, die richtigen Worte zu finden. Du wärst der erste Mensch, dem ich das sagen würde und ich muss mich komplett auf deine Loyalität verlassen können. Wenn es jemals herauskäme …"

Schlagartig unterbrach sie mich, als ob ich etwas gesagt hatte, wodurch sie sich angegriffen fühlte. „Was denkst du eigentlich von mir? Ich habe dir schon so viel über mich erzählt. Du bist mein bester Freund und du kannst mir auf jeden Fall vertrauen. Was du mir auch sagst, es bleibt unter uns. Darauf gebe ich dir mein Wort! Ich weiß doch, dass du etwas auf dem Herzen hast. Du darfst es nicht in dich reinfressen. Je länger du wartest, desto schwerer wird es für dich, mit jemandem darüber zu sprechen. Ich wäre sehr gerne die Person, mit der du als erste darüber redest."

Trotzdem hatte ich Angst. In diesem Moment fühlte es sich an, als wäre mir der Boden unter den Füßen weggerissen worden. Es gab kein Zurück mehr. Ich musste ihr nun die ganze Wahrheit sagen, aber wie sollte ich das anstellen? Was war die richtige Bezeichnung für Menschen für mich? Wenn ich darauf hörte, was mein Herz mir sagte, dann wusste ich, dass ich ein Mädchen war wie alle anderen auch, aber biologisch gesehen war ich ja ein Junge. Wie sollte ich es ihr nun also verständlich machen, ohne mich dabei selbst in Verlegenheit zu bringen?

„Ich kann es einfach nicht sagen. Wenn du es von alleine erraten würdest und ich nur mit "Ja!" oder "Nein!" antworten müsste, wäre es leichter für mich."

„Sei jetzt bitte nicht beleidigt, wenn ich falsch liege, aber bist du schwul?"

Gut, das war von Miriam weit gefehlt, aber irgendwie ging ihre Frage ja in die richtige Richtung, zumindest dachte ich das. Für einen kurzen Moment schwieg ich auf ihre Frage und es herrschte betretenes Schweigen, dann endlich fasste ich mich wieder und sprach aufgelöst die Worte aus, nach denen ich immer gesucht hatte:

„Nein! Schwul bin ich definitiv nicht, Miriam. Es ist wahr, ich bin nicht an Frauen interessiert, aber ... Es ist schwer zu ... Ich bin halt im falschen Körper geboren. Anatomisch gesehen bin ich zwar ein Junge, aber ich fühle mich wie ein Mädchen und wenn es nur nach mir geht, dann bin ich auch eines. Ich sehe mich genau so als Mädchen, wie du dich selbst auch. Verstehst du, was ich meine?"

Wieder kehrte peinliche Stille ein, dieses Mal kam mir die Zeit allerdings bedeutend länger vor.

„Echt? Meinst du das ernst? Damit habe ich jetzt nicht gerechnet. Warum sagst du denn nichts, Mensch! Dachtest du, ich würde es nicht verstehen oder hattest du Angst, dass ich gleich zu Rebecca laufe, um ihr eine neue heiße Story zu berichten?", fragte sie mich enttäuscht.

Ich hatte in der Tat befürchtet, dass sie es Rebecca erzählen würde. Die Angst vor Miriams Reaktion war bedeutend geringer, dafür kannte ich sie zu gut.

„Beides irgendwie! Ich möchte nicht, dass andere davon erfahren. Es ist schon schwer genug für mich, selbst damit umzugehen. Jeden Tag kostet es mich große Überwindung, so zu tun, als ob ich mich in der Jungsrolle wohlfühlen würde und wenn ich mich jetzt noch mit den Schikanen der anderen auseinandersetzen müsste, befürchte ich, dass ich irgendwann daran zerbrechen werde. Die Menschen hier sind eben noch nicht so weit, um so was zu akzeptieren."

„Ich weiß, was du meinst. Das ist nun mal das Scheiß-Dorf. Alles das, was nicht der Mehrheit entspricht, gehört einfach nicht in diese Welt. Ich kann verstehen, dass du so denkst, aber es ist dein Leben. Willst du wirklich immer Rücksicht auf die Meinung der anderen nehmen? Also, ich würde voll hinter dir stehen."

„Nein, auf die Meinung der anderen lege ich keinen Wert, aber ich weiß, wie grausam die Leute sein können. Meine Eltern würden diesen Schock niemals verkraften. Insbesondere mein Vater wäre am Boden zerstört."

Miriam begriff, dass es sinnlos war, mich vom Gegenteil überzeugen zu wollen. Sie wusste nur zu gut, wie sich die Gesellschaft mir gegenüber verhalten würde. In einer Großstadt hätte ich die Schule wechseln können, ich wäre unter anderem Namen in eine neue Klasse gekommen und aufgrund meines weiblichen Aussehens, wäre niemand hinter die Wahrheit gekommen.

Auf dem Land ist das nicht möglich. An unserer Schule, die sich zwei Dörfer weiter befand und noch sehr an einen DDR-Plattenbau erinnerte, lernten alle Kinder und Jugendlichen aus den umliegenden Gemeinden. Von jedem Jahrgang gab es nur eine Klasse und in jeder Klasse saßen oftmals nicht mehr als fünfzehn Schüler. Das hieß, dass wirklich jeder jeden kannte und bestens über ihn Bescheid wusste. Die nächste größere Stadtschule befand sich eine dreiviertel Stunde entfernt und selbst dann war die Wahrscheinlichkeit, dass mein Geheimnis ans Licht kam, ungeheuer groß. Ich hatte keine andere Möglichkeit, als mich mit meinem Schicksal abzufinden.

Miriam und ich unterhielten uns noch stundenlang über dieses Thema und es war ein schönes Gefühl, dass ich endlich mit jemandem über alles offen sprechen konnte.

Tagebucheintrag vom 25. September

Ich fühle mich eingesperrt. Als wäre ich frei und gefangen zugleich. Ich versuche, mir täglich einzureden, dass alles gut wird, aber es gibt eigentlich keine Hoffnung. Ich sehe, welche Erfahrungen andere Mädchen in meinem Alter machen. In der Schule erzählen sie von ihren Erlebnissen mit ihren festen Partnern, ohne sich dafür schämen zu müssen. Sie dürfen sich wie junge, modebewusste Frauen kleiden und müssen sich nicht verstecken. Meine Mutter meinte heute zu mir, es gäbe keinen Grund für mich, um Trübsal zu blasen. Schließlich gibt es genug andere in meiner Situation, die sich ihr ganzes Leben lang verstecken und damit zufrieden sind, wenn sie sich in ihrer Freizeit in ihren eigenen vier Wänden „verkleiden". Ich kann mir nicht vorstellen, dass sie damit zufrieden sind. Man kann sich vielleicht damit in gewisser Weise arrangieren, aber glücklich sind diese Personen bestimmt nicht. Zumindest erscheint es mir sehr unrealistisch und wenn sie das behaupten, dann belügen sie sich doch nur selbst.
Wenn ich die Worte meiner Mutter schon höre ... „VERKLEIDEN" ...
Ich würde zu gerne wissen, wie sie dieses Wort definiert. Man verkleidet sich zum Fasching,

an Halloween oder zu irgendwelchen Kostümfesten, aber das hier ist etwas völlig anderes. Sie denkt, dass alles ein Spiel sei und ich bereue es zutiefst, dass ich ihr kurz, nachdem ich Miriam über mich aufgeklärt hatte, alles erzählt zu haben. Außerdem kotzt es mich an, dass sie gegen alles ansteuern muss, was damit in Verbindung steht. Wie naiv ich war zu glauben, es würde leichter für mich werden, wenn sie es wüsste. Ich dachte echt, dass ich ihr vertrauen kann, dabei hätte ich es eigentlich besser wissen müssen. Sie bemüht sich nicht die Bohne, mich zu verstehen und das hat sie mir auch ganz unmissverständlich gesagt. Ihre genauen Worte waren: „Ich bin mir sicher, dass ich es verstehen könnte, wenn ich es nur wollte, aber ich möchte nicht! Jeder, der behauptet, das alles sei normal, lügt! Meiner Meinung nach ist das krank und pervers und ich will nie darüber nachdenken, wie sich so ein Mensch fühlen muss, denn es ist mir vollkommen egal. Du hast dich deiner öffentlichen Rolle entsprechend zu benehmen! Für mich ist das alles am schwersten. Denkst du, irgendjemand würde darauf Rücksicht nehmen?"

Ich finde die Worte meiner Mutter so verletzend und demütigend mir gegenüber. Es geht immer nur um sie und um ihre Interessen, *aber was ist mit mir? Sie denkt, dass es für sie am schwersten ist und dabei versetzt sich nicht einmal in meine Lage hinein. Ich könnte ihr so den Hals umdrehen! Jedes Mal darf ich mir ihren Kummer, den sie mit meinem Vater hat, anhören, und jedes Mal muss ich sie wieder aufbauen ... Tja, so wird es mir von ihr gedankt. Ich habe eine „wunderbare" Mutter, nicht wahr?*

KAPITEL 3

Lieber Herbert als ich!

Es war Winter geworden und auf meiner Schule bereitete man sich gerade auf den Weihnachtsmarkt, den die Schüler jährlich zum ersten Advent veranstalteten, vor. Ich genoss die Vorweihnachtszeit, denn ich liebte überhaupt alles, was mit dem Weihnachtsfest zu tun hatte. Als ich gerade die Schultreppe hinunter ging, sah ich, wie Miriam ein Mädchen aus unserer Klasse an den Haaren zog und sie beleidigte:

„Du stinkst! Geh nach Hause!"

Ja, Miriam war nicht immer so rücksichtsvoll und tolerant. Wenn sie jemanden nicht mochte, ließ sie ihn das sehr deutlich spüren. In diesem Fall handelte es sich um „Herbert". Zugegeben, „Herbert" klingt für ein Mädchen äußerst eigenartig, aber das war nun mal ihr Spitzname. Eigentlich hieß sie Rebecca Herwersch und da ihr Nachname stark „Herbert" ähnelte, nannte sie wirklich jeder so. Einige taten es nicht einmal, um sie zu peinigen – nein, durchaus nicht. Sie hatten es sich einfach angewöhnt. Nur wenige Ausnahmen nannten sie Rebecca oder Becci und das waren für gewöhnlich diejenigen, die sich gerne für andere einsetzten und mit großer Vorliebe ihre Nasen in einfach alles steckten und dabei vorschnell ihre eigenen Schlüsse zogen, ohne sich die Meinung der anderen darüber anzuhören. Gut, die konnten es sich auch leisten. Sie waren in der Klasse gut anerkannt und brauchten sich nicht erst vor anderen zu profilieren. Folglich mussten sie keine Angst haben, selbst das Opfer zu werden, wenn sie für „Herbert" Partei ergriffen.

Ich selbst setzte mich nie für „Herbert" ein. Einerseits, weil ich nicht den Wunsch verspürte, dass die Aufmerksamkeit danach auf mich fiel, und andererseits, weil es mir ganz einfach gleichgültig war. In meiner Klasse gab es zwei Mädchen mit dem Namen Rebecca. Rebecca Neubauer – die zu meinem engsten Freundeskreis zählte und Rebecca Herwersch, die machen konnte, was sie wollte und am Ende trotzdem immer wie Dreck behandelt wurde. Als Miriam gerade Luft holte, um „Herbert" erneut zu demütigen, wurde ich Zeugin, wie sich plötzlich zwei „Moralapostel" zwischen sie und „Herbert" drängten. Es waren Siena Schöpp und Emma Schiemanski. Ausgerechnet die zwei hatten es nötig, sich so aufzuspielen – dachte ich. Emma war ebenso wie Marc erst seit Anfang des Schuljahres in meiner Klasse. Da ihre Leistungen auf dem Gymnasium – gelinde ausgedrückt – nicht gerade zu den besten zählten, entschlossen sich beide, einen guten Realschulabschluss vorzuziehen. Wobei ich mir an deren Stelle die Peinlichkeit, wieder an meine alte Schule zurückzukehren, wohl eher erspart hätte. Anfangs kam ich sogar erstaunlich gut mit Emma zurecht und ich bewunderte sie teilweise. Für ihr Alter konnte sie sich außergewöhnlich gut schminken und sie hatte eine offenherzige Art an sich, mit der sie sich sehr schnell überall beliebt machen konnte. Emma trug ihr Make-up ebenfalls dick auf, man könnte sagen, sie hätte mir die Hand reichen können. Allerdings tat sie es, um ihre lästigen Pubertätspickel, die man unter der Schminke nur noch leicht durchschimmern sah, abzudecken. Im Gegensatz zu Siena war sie nicht besonders groß und hatte ein etwas rundliches, sehr weibliches Gesicht. Allerdings ließ sie ihre für ihr Alter ohnehin viel zu große

Oberweite wesentlich fülliger aussehen, als sie tatsächlich war. Trotzdem trug Emma figurbetonte Kleidung, so konnte man deutlich erkennen, dass sie eigentlich eine gut proportionierte Figur besaß, wenn nicht ihre übergroßen Brüste gewesen wären. Sie verfügte über eine überdurchschnittliche Reife, zumindest schien es nach außen hin so und das machte sie sympathisch. Emma alleine war also angenehm zu ertragen.

Emma und Siena zusammen waren dagegen die pure Hölle. Siena war ein Streber, wie er im Buche stand. Für ein Mädchen war sie auffallend groß und hatte deshalb eine etwas nach vorne gekrümmte Haltung. Ihre Klamotten erinnerten mich teilweise sogar an die unserer Klassenlehrerin – Frau Gaiger, die – ganz nebenbei bemerkt – einen guten, aber nennen wir es mal kreativen Geschmack hatte, für ein vierzehnjähriges Mädchen war er etwas zu kreativ. Siena hatte keinesfalls hervorragende Noten. Nein, ihre Leistungen waren eher gut bis durchschnittlich, aber sie schleimte sich permanent bei allen Lehrern ein und konnte es nicht über sich bringen, ihnen zu widersprachen. Obwohl sie unsere Klassensprecherin war, ergriff sie nie das Wort für ihr Mitschüler, sie bevorzugte es, die manchmal ungerechten Handlungen der alten DDR-Lehrer, die wir noch im Unterricht hatten, zu verteidigen. Ich gebe zu, dass ich sie überaus gehasst habe. Sobald sie den Mund aufmachte, war mir klar, dass da nichts Sinnvolles raus kam. Es war für Siena ein Hochgenuss, wenn die Lehrer sie ihr „Sienchen" nannten. Doch scheinbar war sie nicht immer so unschuldig, wie sie vorgab zu sein. Dem „Buschfunk", der an unserer Schule gut funktionierte, hatten Miriam und ich entnommen, dass sie es privat mit Jungs ganz schön krachen ließ. Die bloße Vorstellung, dass dieser kleine Moralapostel ein wildes, aufregendes Sexleben führte, war für uns nicht nur amüsant, es war eine ganz Zeit lang das Standartthema während unseren abendlichen Telefonkonferenzen und das zeigte mal wieder, wie gut die Leute im Dorf über alle Bescheid wussten.

Siena erhob den Finger, um Miriam wie ein kleines ungezogenes Kind zu belehren.
„Miriam, es ist genug! Becci hat dir doch gar nichts getan und ich werde es mir nicht mehr länger mit ansehen, wie Leon und du sie fertig machen. Ich werde das mit aller Kraft unterbinden. Darauf gebe ich euch mein Ehrenwort!"
Im selben Moment brach Miriam in schallendes Gelächter aus, denn natürlich nahm sie nichts von alledem, was Siena ihr

sagte, für voll. Es belustigte sie eher. Was mich betraf, so rollte ich die Augen nach oben. Was hatte sie gesagt? Miriam und *ich* machen „Herbert" fertig? Das war mal wieder so was von klar, dass sie mich da mit reinziehen würde. Das Hassgefühl zwischen Siena und mir beruhte ganz offenbar auf Gegenseitigkeit. Dabei muss ich gestehen, dass ich keine Gelegenheit ausließ, wenn es darum ging, Siena eins auszuwischen. Das war bei Weitem lustiger, als Herbert hin und wieder das Leben schwer zu machen. Doch in diesem Fall hatte Siena sogar ausnahmsweise recht. Ich zählte in der Tat zu denjenigen, die Herbert grundlos tyrannisierten. Ich würde lügen, wenn ich behaupten würde, dass ich nicht Gefallen daran fand und dass es mich nicht amüsierte, aber in gewisser Weise geschah das nicht grundlos. Ich hatte schon vor sehr langer Zeit begriffen, dass ich wegen meiner femininen Art zum Opfer werden würde, wenn ich „Herbert" nicht gelegentlich den ein oder anderen grausamen Streich gespielt hätte. Ich war überzeugt davon, dass meine Mitschüler mir das selbe antun würden, wie ihr und das wollte ich nicht zulassen. Meine kleinen Streiche brachten mir bei vielen meiner Mitschüler große Sympathiepunkte ein, jedenfalls bei denjenigen, die einen relativ bedeutsamen Einfluss innerhalb der Klasse besaßen, und dadurch konnte ich mir eine einigermaßen entspannte Schulzeit ermöglichen. Natürlich gab ich das niemals offen zu, nicht einmal vor Miriam. Es war zu peinlich, das zu sagen. Mal ganz davon abgesehen hätte es auch nicht viel gebracht. Siena hätte es aus Ausrede betrachtet. Sie hätte es niemals verstanden und um ehrlich zu sein, legte ich auch keinen Wert darauf. Emotionslos wie ein Roboter drehte nun auch Emma ihr Gesicht in meine Richtung und sah mich auf der Treppe stehen. Genervt grinste ich ihr provokant zu.

„Du brauchst gar nicht so dumm zu lachen, Leon! Wir haben schon längst mit Frau Gaiger darüber gesprochen. Ihr werdet schon sehen, was ihr davon habt", keifte sie mir hysterisch zu.

„Auch das noch!" – dachte ich. Warum haben sie ausgerechnet mit der darüber geredet? Eines war sicher: Es würde auf jeden Fall zu einer Aussprache mit Frau Gaiger kommen. Das Thema „Herbert" war sowieso schon seit Jahren immer wieder Gesprächsstoff gewesen und für Frau Gaiger war nur ich allein die Täterin. Der Grund dafür war ganz einfach. Siena hatte es ihr so gesagt. Für gewöhnlich glaubte die Gaiger der kleinen Petze einfach alles, denn nach Meinung unserer Klassenlehrerin würde sie es niemals wagen, ihr ins Gesicht zu lügen. Siena wusste scheinbar alles und was sie nicht wusste, erfand sie ganz einfach oder dichtete es sich selbst dazu. Manchmal kam es mir so vor, als wenn sie besessen davon war, andere in die Pfanne zu hauen.

Vermutlich hätte es unglaubwürdig geklungen, aber „Herbert" tat mir schrecklich leid. So manches Mal hätte ich ihr gerne beigestanden, aber mir fehlte der Mut. Ich wollte nun mal nicht selbst zur Zielscheibe werden.

Abwertend fauchte ich Emma an:

„Meine Güte, da habe ich aber Angst! Tut, was ihr nicht lassen könnt. Von mir aus könnt ihr mir den Buckel runterrutschen. Statt dass ihr uns eure Meinung offen ins Gesicht sagt, versteckt ihr euch hinter Frau Gaiger. Das ist sehr reif von euch, alle Achtung!"

Emma baute sich gerade vor mir auf und hatte ganz offensichtlich vor, mir ihren Konter an den Kopf zu werfen, doch Siena fiel ihr ins Wort:

„Lass gut sein, mit so was werden wir uns doch nicht streiten."

Sehr deutlich konnte ich fühlen, wie ich meine Hände um ihren Hals legte und kräftig zudrückte, allerdings geschah das nur in meiner Fantasie.

Tagebucheintrag vom 4. Dezember

Ich weiß, dass wir nicht das Richtige tun und es tut mir ja auch leid für Herbert, ich kann mich aber nicht plötzlich dafür einsetzen, dass sie alle in Ruhe lassen. Hinterher bin ich an ihrer Stelle, das weiß ich jetzt schon. Ich kann nur hoffen, dass sie weiterhin das Opfer bleibt, dann bin ich wenigstens fein aus der ganzen Sache raus.

Heute war es soweit, in der großen Pause versammelten sich alle Mädchen ganz oben in unserem Klassenraum. Für Frau Gaiger trage ich mal wieder die alleinige Schuld. Ich möchte mal wissen, ob sie sich den Scheiß selber einredet oder ob Siena ihr das so wiedergibt. Also, wundern würde mich das nicht. Frau Gaiger scheint nicht kein Freund von Fairness zu sein. Die alte Kuh hat uns nicht nur einen Vortrag über Mobbing gehalten ... Nö, sie meinte erstens, dass auf einer Stadtschule Rebecca und ich zum Opfer werden würden und dann hat sie Rebecca auch noch ganz dreist und hinterhältig gefragt, warum sie von den Jungs gemobbt wird. Ich verstehe das alles nicht! Sie weiß doch, dass Rebecca Gewichtsprobleme hat. Klar, dass sie deswegen von den Jungs doof angemacht wird, besonders von Marc. Als wir letztens in Sport auf der Bank saßen, weil wir keinen Bock auf Volleyball hatten, hat Rebecca ihn nur einmal ganz kurz freundlich angelächelt und er meinte dann zu sagen: „Was guckst du fettes Schwein so dumm? Hast du nichts zu fressen oder was ist los?"

Ich bin ja eigentlich immer ganz vorne dabei, wenn es um fiese Sprüche geht, aber das finde ich echt unter aller Kanone.

Als Frau Gaiger sie gefragt hat, weshalb Marc sie immer niedermacht, kam scheinbar alles in ihr hoch und sie musste heulen. Am liebsten hätte ich sie in den Arm genommen, aber ganz ehrlich, sie sollte sich das nicht so zu Herzen nehmen, was die dumme Kuh sagt. Frau Gaiger tut immer so, als hätte sie Ahnung, was in unseren Köpfen vor sich geht, dabei weiß sie einen Scheißdreck über uns.

KAPITEL 4

Krimsekt und gefrorenes Blut

Tagebucheintrag vom 1. Januar

Also, habe ich es ihnen erzählt und ich fühlte mich freier denn je!Jetzt, da Natascha und Rebecca von meinem Geheimnis wissen, ist es so, als ob ich ein Stück Freiheit erhalten habe. Es erlaubt mir, mich bei ihnen nicht verstellen zu müssen. Hätte ich Natascha doch nur nicht versprochen, mit ihr auf diesen bescheuerten Geburtstag zu gehen. Ich will mich nicht wieder als Witzfigur zur Schau stellen.

Es war ein kalter Januartag und auf den Straßen des kleinen Dorfes in der Nähe Schwerins lag zentimeterhoher Schnee. Wie versprochen sollte ich Natascha an diesem Abend auf den Geburtstag eines Freundes begleiten. Ich stand gerade vor dem Spiegel, um mich ausgehfertig zu machen. Da ich selbstverständlich nicht wusste, wer mir dort begegnete, durfte ich mich keinesfalls zu sehr aufdonnern, denn ich war noch immer nicht scharf darauf, dass man von meinem kleinen Geheimnis erfuhr. Wobei es zu dieser Zeit eigentlich schon mehr als offensichtlich war. Ich konnte mich einfach nicht mehr dazu überwinden, mich in Jungenkleidung auf die Straße zu wagen. So kaufte ich lediglich nur noch in der Damenabteilung ein, allerdings achtete ich darauf, dass meine Kleidung eher neutral rüberkam. Neben Make-up und Puder trug ich endlich auch dezentes Rouge und ein wenig Konturpuder auf, mit denen mein Gesicht nicht zu sehr nach einer Maske aussah. Niemand, der mich zum ersten Mal sah, hätte den Unterschied zwischen mir und einem biologischen Mädchen erkannt – niemand! Darum war es mir äußerst peinlich, wenn jemand nach meinem Namen fragte, denn „Leon" war ja ein Jungenname und für gewöhnlich reagierten die Leute abweisend, wenn sie erfuhren, dass ich auch tatsächlich einer war. Einen Jungen, der sich schminkte und Mädchenkleidung trug, das durfte es nicht geben. So entschieden sich meine Freunde, mich fortan nur noch „Leo" zu rufen, denn Leo passte zu beiden Geschlechtern. Nun reagierten die Menschen, wenn sie meinen Namen hörten, zwar nicht mehr skeptisch, aber sobald meine Freunde mich als „er" und nicht als „sie" betitelten, war alle Mühe umsonst und ich musste mich ihnen wieder erklären. Häufig mied ich deshalb gesellschaftliche Anlässe, bei denen mich die meisten nicht kannten. Ich wollte mich schlichtweg keiner peinlichen Situation mehr aussetzen. Wenn ich mich so wie an diesem Abend dann doch einmal traute, mich unters Volk zu mischen, versuchte ich das Beste aus meinen wenigen Möglichkeiten zu machen, um mich fürs Ausgehen aufzuhübschen. Auch wenn ich es da noch nicht wusste, aber heute sollte sich mein Leben noch einmal von Grund auf verändern.

Gerade richtete ich meine Frisur, als es an meine Tür klopfte und man mir zurief:
„Leon, Natascha wartet draußen auf dich."
Blitzschnell stürmte ich nach draußen, um Natascha zu begrüßen.
„Na, bist du startklar?", fragte sie mich in ihrem starken russischen Akzent und fügte

hinzu: „Du siehst zum Anknabbern aus, meine Liebe!"

Dann nahm sie einen Handspiegel aus ihrer schwarzen Wildlederhandtasche und zog sich ihren knallroten Lippenstift nach.

Nataschas Aussehen erfüllte alle Klischees einer russischen Diva. Sie hatte langes dunkles Haar und ein sehr kantiges Gicht. Auf ihren hohen Wangenknochen lagen mehrere Schichten Rouge. An ihrem Körper trug sie im Winter stets einen warmen Pelzmantel.

Natascha war vor Jahren von Sibirien nach Deutschland ausgewandert und seitdem ich mit ihr über mein Doppelleben geredet hatte, war ihre scheinbar einzige Sorge, mir einen geeigneten Partner zu suchen. Sie dachte, ich würde so besser mit meinen Depressionen zurechtkommen, die die Folge meines ständigen Versteckens waren.

Tja, ich machte mir auch Gedanken um eine Beziehung, aber was sollte das für ein Mann sein, der sich eine Zukunft mit mir vorstellen konnte? Der Gedanke daran, eine Liebesbeziehung zu einem homosexuellen Mann einzugehen, widerte mich teilweise an, teilweise demütigte es mich auch, denn Schwule sind üblicherweise nur an Männern und nicht an Frauen interessiert, und als Mann wollte ich von meinem festen Freund garantiert nicht gesehen werden. Es war vollkommen überflüssig, sich darüber den Kopf zu zerbrechen, denn ich hatte bereits schon zu diesem Zeitpunkt die Erfahrung machen müssen, dass homosexuelle Männer keinerlei Gefallen an mir fanden.

Natascha und ich stiegen in ihren dunkelblauen Volkswagen und drehten die Musik laut auf. „Wohin fahren wir eigentlich genau?"

„Das wirst du schon noch früh genug erfahren. Es wird jedenfalls sehr ein aufschlussreicher Abend werden – besonders für dich."

„Das "aufschlussreich" macht mir Angst ..."

Nach ungefähr zwanzig Minuten kamen wir an ein kleines, abgelegenes Gehöft, auf dem sich lediglich drei Garagen befanden. Ich kann mich noch genau an die beängstigende Gegend erinnern. Hier hätte ich nicht tot über dem Zaun hängen wollen, dachte ich mir besorgt und ich hoffte, dass die Abendgesellschaft nicht dem Ambiente entsprach. So weit das Auge reichte, gab es nur Wald, ein bisschen Wiese und die drei Garagen, in denen anscheinend die Party steigen sollte.

„Was für eine beeindruckende Atmosphäre. Da kommt richtiges Partyfieber auf!", motzte ich sarkastisch zu Natascha hinüber, die auf meine Bemerkung nicht einging.

Ich wollte die Beifahrertür des Autos öffnen, als mir ein großer, gut aussehender junger Mann die Tür öffnete und eine tiefe Stimme sprach:

„Ladys, ihr habt ganz schön lange auf euch warten lassen."

Auch er hatte diesen starken russischen Akzent, nur anders als bei Natascha klang es bei ihm so unglaublich attraktiv. Natascha und ich stiegen aus dem Auto und sahen einander an. Selbstbewusst ging sie auf den jungen Mann zu und keifte nahezu begeistert:

„Sergej, das ist meine ganz besondere Freundin Leo! Ich kann leider nicht lange bleiben, aber Leo wird mich vertreten und mir hinterher alles berichten."

Das war jetzt nicht ihr Ernst? Was war über sie gekommen, dass sie mich hier alleine lassen wollte? Am liebsten hätte ich ihr sämtliche Extremitäten ausgerissen. Außerdem hatte sie mich als „besondere Freundin" vorgestellt und das obwohl wir doch bereits über so was gesprochen hatten, dass sie solche Leichtsinnigkeiten bitte unterlassen soll. Warum stellte sie mich nun also trotzdem als Freundin vor? Entweder war sie komplett verrückt geworden oder sie führte etwas im Schilde und ich ahnte schon, welche Absichten sie besaß. Allerdings war ich mir in dieser Sache nicht ganz sicher. Hatte sie Sergej vielleicht schon im Vorhinein über mich aufgeklärt, und wenn ja, warum? Mir schwante nichts Gutes.

„Hi, Leo! Eigentlich kenne ich dich schon, Natascha hat mir so viel über dich erzählt, dass ich ein Buch über dich schreiben könnte."

Entgeistert entgegnete ich ihm:

„Ja, dessen bin ich mir sicher!"

Natascha öffnete die Fahrerseite ihres Wagens und winkte mir zu.

„So, dann wünsche ich euch viel Spaß, meine Lieben!", kicherte sie uns zu, dann stieg sie in ihr Auto und fuhr davon. Ich konnte es immer noch nicht fassen. Sie hatte mich alleine gelassen. Innerlich kochte ich vor Wut und ich bereitete mich darauf vor, ihr eine Abreibung zu verpassen, die sie niemals vergessen würde. Wäre sie ein Papagei gewesen, hätte ich ihr alle Federn ausgerupft.

Von innen sahen die Garagen jedenfalls deutlich besser aus. Die Trennwände hatte man herausgenommen, sodass sie einen großen Raum bildeten. Alles in allem sah es aus wie in einem Partykeller. In der Mitte standen drei lange Tische mit den passenden Bänken dazu. An der Seite befand sich ein Buffet und daneben eine Musikanlage, vor der sich gerade ein kleiner dicklicher Mann aufhielt, um eine neue CD einzulegen. Sergej bot mir ein Glas

Sekt an, dass ich dankend annahm. Eigentlich war die Feier ja ganz nach meinem Geschmack, es schien eine wirklich fantastische Stimmung zu herrschen, aber da ich niemanden kannte, fühlte ich mich extrem unwohl und am liebsten wäre ich schreiend nach Hause zurückgelaufen, doch meine Selbstbeherrschung ließ mich Haltung bewahren.

„Möchtest du etwas essen? Wir haben fast alles da, was du dir wünscht?", fragte er charmant. Ich hätte wirklich kein Essen herunterbekommen, selbst wenn ich gewollt hätte. Ich suchte den Raum ganz präzise nach eventuell bekannten Gesichtern ab. Gott sei Dank fanden sich keine. Das gab mir zumindest für diesen Abend die Sicherheit, dass mich keiner verraten konnte. Dankbar lehnte ich Sergejs Angebot ab, aber ein weiteres Glas Sekt nahm ich doch an und setzte mich zwischen zwei Männern auf eine Bank. Scheinbar wurde hier auf dieser Feier nur Russisch gesprochen, selbst die Getränke waren aus Russland importiert. Um ganz ehrlich zu sein, empfand ich das nicht gerade als Unglück, denn noch nie hatte mich ein Land so sehr fasziniert wie Russland.

Unzählige Gespräche über Beziehungsprobleme und drei Flaschen

Krimsekt später, waren schließlich alle Gäste der Party verschwunden. Nur ein einziger lag noch in der Ecke und schlief fest auf dem harten Betonboden. Ja, feiern können die Russen, nur musste ich feststellen, dass ihr Durchhaltevermögen nicht sehr groß war. Sergej schien da wiederum eine Ausnahme zu sein. Man merkte ihm weder seinen Alkoholkonsum noch seine – offenbar nicht existente – Müdigkeit an und das imponierte mir ungemein. Nun waren es also nur noch er und ich, die zusammen auf einer Bank saßen. Im Hintergrund ertönte schon seit Stunden leise die gleiche CD auf und ab. Sergej nahm seine Bierflasche und setzte zu einem großen Schluck an, dann fragte er mich:

„Natascha hat mir gar nicht gesagt, wie alt du bist."

Ich zögerte einen Augenblick lang und überlegte kurz, ob ich mich als älter ausgeben sollte, als ich war, aber was wäre gewesen, wenn Natascha ihm mein Alter sehr wohl gesagt hatte und er nur versuchte, mit mir ins Gespräch zu kommen? So entschloss ich mich, ihm die Wahrheit zu sagen: „In zwei Monaten werde ich sechzehn."

„Sechzehn? Dann bist du also schon fast erwachsen?"

„Wie alt bist du denn, wenn ich fragen darf?"

„Ich bin heute zwanzig geworden. Ich hoffe, das ist dir nicht zu alt."

Warum fragte er mich, ob er zu alt für mich war? Hatte ich ihm vielleicht ein falsches Signal gesendet? Dabei gab ich mir wirklich die größte Mühe, desinteressiert rüberzukommen. Nicht etwa, weil er mich nicht gefiel – nein, ganz im Gegenteil. Er war von überaus großer, schlanker Statur, wobei man seine kräftigen Oberarm- und Brustmuskeln deutlich durch sein hautenges T-Shirt erkennen konnte. Es war nicht zu übersehen, dass er in seiner Freizeit viel Sport trieb, was bei mir noch nie der Fall war. Sport ist Mord und Schulsport ist bekanntlich Doppelmord, diese Ansicht vertrete ich bis heute. Sein modisch geschnittenes schwarzes Haar hatte er stylish gegelt und wenn man sich seine außerordentlich männlichen Gesichtszüge so ansah, hätte man sich auf der Stelle in ihn verlieben können. Auch wenn er mir gefiel und ich heimlich jetzt schon verrückt nach ihm war, durfte ich mir nichts anmerken lassen. Ich wusste, dass ein Verhältnis oder gar eine Beziehung mit ihm nahezu unmöglich war. Früher oder später hätte ich mein Geheimnis lüften und mich ihm offen „präsentieren" müssen.

Tja, das wäre eine Peinlichkeit gewesen, die ich mir doch lieber ersparte.

„Ehrlich gesagt, interessiert es mich nicht, wie alt du bist", wehrte ich seine Anmache ab.

„Warum fragst du mich dann?"

Geschickt versuchte ich, mich rauszureden:

„Aus Nettigkeit, du Idiot."

Sergej lachte laut auf, dann sprach er:

„Ich dachte eigentlich, dass du mich zu deinem Geburtstag in zwei Monaten einladen möchtest."

„Warum sollte ich wohl so etwas Dummes tun? Ich kenne dich doch nicht einmal!"

„Wir lernen uns doch gerade kennen, oder?" Sergej lachte wieder und berührte ganz bestimmt nicht unbeabsichtigt mein Knie. Oh, mein Gott! Hatte er mich gerade berührt? Mit einem Mal fiel es mir schwer zu atmen. Ja, ich konnte sogar deutlich mein Herz schlagen hören. Wie schaffte er es, mir mit einer kleinen Berührung, die nicht mal eine Sekunde dauerte, so das Blut in den Adern gefrieren zu lassen? Sergej sah mich mit seinen tiefbraunen Augen an und in mir stieg die Hitze. Plötzlich kam es mir vor, als wären es hochsommerliche Temperaturen von mindestens vierzig Grad. Ich versuchte, mich zusammenzureißen.

„Wenn du möchtest, gebe ich dir sehr gerne meine Handynummer. Mal sehen, vielleicht lade ich dich tatsächlich zu meinem Geburtstag ein."

„Ja, das wäre doch ein Anfang! Gib sie mir und vielleicht schreibe ich dir eine SMS."

„Vielleicht? Ich dachte, du wolltest mich kennenlernen?"

Hatte ich vielleicht etwas in den falschen Hals bekommen? Gespannt wartete ich seine Antwort ab.

„Tja, du bist ja nicht an mir interessiert, nicht wahr? Darum muss ich mir noch ganz genau überlegen, ob ich dir wirklich schreibe, aber ich denke doch mal, dass es sich einrichten lassen wird."

Jetzt bereute ich, dass ich ihn provoziert hatte. Wenn es auch übertrieben leichtsinnig war, mit ihm zu flirten, wollte ich ihn unbedingt kennenlernen und mehr über ihn erfahren. Es war ja möglich, dass Natascha ihm alles über mich erzählt hatte, zumindest hoffte ich das. Zum allerersten Male in meinem Leben wünschte ich mir, dass jemand sein Versprechen gebrochen und mein Geheimnis ausgeplaudert hatte. Sergej rückte ganz dicht neben mich und schaut mir tief in die Augen. Bei seinem Anblick hätte ich dahinschmelzen können wie Eis in der Sonne. Ich verspürte ein wahnsinniges Kribbeln in meinem Bauch und vielleicht wäre an diesem Abend schon mehr passiert, hätte es da nicht Natascha gegeben, die just in diesem Moment zur Tür hereinkam.

„So, meine kleine Partymaus. Der Abholservice ist da!", sagte sie, noch während sie die Garage betrat.

Natascha hatte wirklich ein Talent, sich immer unbeliebter bei mir zu machen. Erst ließ sie mich alleine auf der Feier zurück und dann platzte sie auch noch im denkbar unpassendsten Augenblick herein, um mich wie ein kleines Kind, das man aus dem Kindergarten abholt, nach Hause zu bringen. Warum musste sie ausgerechnet jetzt hier erscheinen? Oh, ich hätte ihr den Hals viermal umdrehen können. Obwohl, dafür, dass sich mich alleine gelassen hatte, musste ich ihr wohl dankbar sein.

„Dann heißt es jetzt wohl, voneinander Abschied nehmen", lachte Sergej.

Peinlich berührt stand ich von meinem Platz auf, um in Richtung Tür zu laufen, aber dann umarmte mich Sergej zum Abschied und gab mir einen Kuss auf die Wange. Ich dachte, ich müsste sterben, es fühlte sich so ungehörig berauschend an. Am liebsten wäre ich ihm um den Hals gefallen.

Ungeduldig knurrte mich Natascha an:

„Deine Mutter nagelt mich ans Kreuz, wenn ich dich nicht sicher zu Hause absetze."

Widerwillig riss ich mich von Sergej los und zischte erbost durch die Garagentür.

KAPITEL 5

SMS von „Unbekannt"

Tagebucheintrag vom 18. Februar

Sie hat es schon wieder getan! Sie kann es nicht lassen! Was habe ich denn so Schlimmes gemacht? Ich habe lediglich meine Schwester ins Vertrauen gezogen und Mutti führt sich auf wie eine Schlange.
Ich hoffe, es war kein Fehler, vor ihr die Hüllen fallen zu lassen. Katja und ich hatten nie wirklich das beste Verhältnis. Sie ist das genaue Gegenteil von mir. Ich bin eben ein eher offener Mensch und ich liebe es, zu lachen und zu feiern. Katja hingegen geht zum Lachen in den Keller. Sie war schon immer etwas seltsam und manchmal wirkt sie übermäßig arrogant. Dabei gibt es nichts,

worauf sie sich etwas einbilden könnte. Seitdem sie mit diesem Nazi zusammen ist, hat sich ihr Wesen von wunderlich in absolut bescheuert gewandelt. Sie redet ihm in allen Dingen nach dem Mund. Eine eigene Meinung ist etwas, was sich meine Schwester scheinbar nicht leisten kann. Das kommt eben daher, dass sie kein Niveau und erst recht keinen Grips besitzt. Sie hat ungefähr soviel Verstand wie eine alte Kuh, die das Zeitliche gesegnet hat.

Aber ich habe mich ihr anvertraut. Ihre Reaktion war erstaunlich gelassen. Sie versicherte mir sogar, dass es sie nicht störe, dass ich so bin, wie ich nun mal bin. Sie könne Muttis Bedenken überhaupt nicht verstehen, meinte sie. Habe ich mich die ganze Zeit in meiner Schwester getäuscht? Ich hoffe, denn ich habe nicht das Bedürfnis, eines Besseren belehrt zu werden.

Nach dem Streit mit meiner Mutter war ich nicht sonderlich niedergeschlagen. Ich hatte gelernt, solche Auseinandersetzungen an mir abprallen zu lassen. Auch wenn es mich im tiefsten Inneren verletzte, dass sie immer noch so wenig Verständnis durchblicken ließ. Wiederum verwirrte es mich auch, denn auf der einen Seite schien meine Mutter meine größte Gegenspielerin zu sein und doch war sie andererseits dazu bereit, mir wenigstens zu Hause so gut es ging, ein Leben als Mädchen zu ermöglichen. Wie konnte sie also mir gegenüber so ignorant und verletzend und zu gleich aber auch loyal sein? Ich verstand das alles nicht. In meinem Kopf kreisten die Gedanken nur so durcheinander und das bereitete mir Kopfschmerzen, doch nicht nur die Schmerzen im Kopf machten mir Sorgen. Ich litt schon seit Jahren unter einem immer wiederkehrenden, beinahe unerträglichen Schmerz in meiner Bauchgegend. Offenbar lag die Tatsache, dass ich schlicht weg keine Lust auf Schule hatte, für meine Ärzte auf der Hand. Ich würde lügen, wenn ich behaupten würde, ich sei jederzeit gern in die Schule gegangen, aber wer tut das schon? Es gab Tage, an denen ich mit Freuden hinging und dann gab es da auch wieder andere Tage, an denen ich mir wünschte, den ganzen Tag im Bett zu liegen, doch deshalb erfindet man kein wiederholtes Bauchleiden. Schon gar nicht erfindet man so eine schlechte Ausrede. Dann hätte ich mir wohl doch eher was Besseres einfallen lassen, wie Migräne oder Halsschmerzen, eben etwas, dass sich nicht so leicht nachweisen ließ. Außerdem hatte ich ja ein Ziel vor Augen. Zu dieser Zeit besaß ich noch den Ehrgeiz, eines Tages eine erfolgreiche Dolmetscherin zu werden und dafür musste ich jeden Tag meine Vokabeln pauken und das nicht nur in der Schule, sondern auch zu hause in meiner Freizeit. So sehr ich die russische Sprache auch liebte, manchmal hätte ich mir doch etwas Besseres vorstellen können, als bei schönem Wetter drinnen zu hocken und mich mit der Deklination russischer Substantive zu beschäftigen, aber für seine Träume muss man schon mal das ein oder andere Opfer bringen, dachte ich stets. Darum wäre es mir nie in den Sinn gekommen, die Schule zu schmeißen oder gar nicht erst hinzugehen, wenn es dafür keinen triftigen Grund gab. Auch wenn ich nicht in allen Fächern hervorragende Leistungen vollbrachte.

Endlich war ich ein wenig von dem Streit zwischen meiner Mutter und mir heruntergekommen, da schienen sich meine Bauchbeschwerden auch schon wieder anzukündigen, und tatsächlich ging es mir einen Tag später so miserabel, dass ich zusammengekauert im Bett lag und eine Zeitschrift las. Viel bewegen konnte ich mich nicht. Egal, was ich auch tat. Es schmerzte beim Liegen, Sitzen und erst recht beim Stehen. Ich konnte es mir wirklich nicht erklären. Eines war auf jeden Fall klar: Ich war nicht an einer Magenverstimmung erkrankt. Es war peinlich zuzugeben, aber ich aß während dieser Zeit so unsagbar viel, ja, ich hatte fast schon Fressattacken und trotzdem schien mein Magen alles gut zu vertragen. Der Schmerz saß an ganz anderer Stelle, viel mehr verspürte ich ihn im Unterbauch, darum hielt ich es für möglich, an einem unerkannten Nierenleiden erkrankt zu sein. Gerade wollte ich eine Seite in der Zeitschrift umschlagen, als mein Handy vibrierte. Ich dachte schon, dass sich Miriam oder Rebecca nach meinem Befinden erkundigen wollten, aber auf dem Bildschirm erschien eine mir völlig unbekannte Nummer.

Unbekannte Nummer um 17:50 Uhr

Hallo, du kleine Giftspritze! Geht es dir gut?

Giftspritze? Wer nannte mich eine Giftspritze? Ganz gleich, wer es auch war, die Person hatte scheinbar nicht im Geringsten eine Ahnung davon, mit wem sie es zu tun hatte. Ich war ganz bestimmt nicht auf den Mund gefallen. Verwirrt antwortete ich der fremden Nummer.

Ich um 17:52 Uhr

Bis eben ging es mir noch gut, doch dann las ich deine SMS und ich kann dir sagen, ich könnte mich dreimal hintereinander übergeben.

Ich war über meine eigene Antwortet dermaßen amüsiert, dass die Schmerzen für einen minimalen Augenblick plötzlich ganz und gar vergessen waren. Es dauerte nicht lange, da vibrierte mein Handy erneut.

Unbekannte Nummer um 17:54 Uhr

Habe ich irgendwas Falsches gesagt? Vielleicht habe ich ja auch die falsche Nummer erwischt.

Meine Güte, wer zu Teufel schrieb mir denn da nun? Wieso konnte dieser Mensch nicht einfach seinen Namen unter diese SMS platzieren, wie man es üblicherweise tat, wenn man eine fremde Person kontaktierte.

Ich um 17:57 Uhr

Schreibe mir doch einfach, wer du bist, dann werde ich dir schon sagen, ob dir jemand eine falsche Nummer gegeben hat. Solltest du wirklich eine falsche Nummer bekommen haben, kann ich das echt nachvollziehen. Wer nicht mal seinen Namen unter eine Nachricht setzt, wenn er jemand Fremden schreibt, scheint auch nicht gerade einen Höchstmaß an IQ zu besitzen. Ich hätte dir wohl auch eine falsche Nummer gegeben.

„Oh, ja!" – dachte ich! Dieser Spruch hatte gesessen – eindeutig! Es war doch wirklich beeindruckend, zu sehen, wie relativ gut ich für mein Alter mit Worten um mich schmiss. Eigentlich erwartete ich erst gar keine Antwort mehr, denn ich für mein Teil hätte auf so eine dumme Anmache nie im Leben zurückgeschrieben. Zu meinem Verwundern wurde ich eines Besseren belehrt.

Unbekannte Nummer um 17:59 Uhr

Hey, warum gleich so unfreundlich? Anscheinend habe ich wirklich die falsche Nummer! Hier schreibt Sergej. Ich wollte eigentlich mit Leo schreiben. Sie hat mir aber nicht ihre Nummer, sondern deine gegeben.

63

Gütiger Himmel! Nein! Was habe ich getan? Ich musste auch echt in jedes Fettnäpfchen treten und sah meine Chancen bei Sergej bereits davonschwimmen, bis ich die perfekte Ausrede erfand, die zugegeben etwas unglaubwürdig klang, aber gerade das machte sie ja so glaubhaft. Niemand ließ sich so was Dummes einfallen – niemand außer mir, versteht sich.

Ich um 18:00 Uhr

Ach, du bist es! Oh, das tut mir jetzt wirklich leid. Verzeih mir bitte, aber mir schreibt schon seit Tagen immer wieder eine unbekannte Nummer, dass mir jemand meine Unterwäsche klauen möchte. Ich dachte, jetzt geht es wieder los, darum war ich so unfreundlich. Ich hatte keine Ahnung, mit wem ich schreibe.

Okay, das war jetzt zwar dumm gelaufen, aber ich hoffte, dass er mir die Ausrede abkaufen würde. Dieses Mal ließ er sich mit dem Beantworten meiner SMS sehr viel Zeit und ich schloss innerlich schon damit ab, doch dann: Endlich! Mein Handy machte sich bemerkbar! Meine Hände zitterten, als ich die Tastensperre entfernte, um die Nachricht lesen zu können.

Miriam um 18:03 Uhr

Geht es dir immer noch so schlecht? Ohne dich ist es in der Schule voll langweilig. Frau Sichel hat heute die verschimmelte Butterstulle entdeckt, die wir ihr ins Buch gelegt haben.

Womit hatte ich das verdient? Ja, verdammt noch mal, es geht mir schlecht und jetzt funk mir nicht dazwischen, wenn ich auf eine wichtige Nachricht warte! Ich hatte Miriam wirklich gern, aber sie schrieb in einem wirklich falschen Moment. Natürlich konnte ich ihr das so nicht schreiben, woher hätte sie es auch ahnen sollen. Also bedankte ich mich für ihre Frage nach mein Wohlergehen und wartete weiter auf Nachricht von Sergej. Ich dachte schon, Miriam hätte geantwortet, als das Handy zum gefühlt hundertsten Male vibrierte:

Sergej um 18:10 Uhr
Dann habe ich ja doch die richtige Nummer von dir erhalten und ich dachte schon, du würdest mich nicht wiedersehen wollen. Kein Problem! Natürlich verstehe ich, dass du Angst hattest, es könnte wieder dein verrückter Stalker sein. Ich möchte nur zu gern wissen, wer ein hübsches Mädchen wie dich so tyrannisieren kann.

Hübsches Mädchen – dachte ich. Das musste wohl mal wieder einer meiner Tagträume sein. Ich hoffte inständig, dass mich niemand aufweckte, doch es handelte sich nicht um einen Traum. Zum ersten Mal, seit ich denken konnte, schien ein junger Mann an mir Interesse zu haben. Gut, vorher hatte sich ja auch keine Gelegenheit dazu ergeben und irgendwann müsste ich die Wahrheit über mich auspacken, aber ein Problem nach dem anderen.

Ich um 18:11 Uhr

Ja, keine Angst – du hast die richtige Handynummer von mir bekommen. Ach, und ... danke!

Gerne hätte ich ihn um ein Treffen gebeten, aber es hielten mich zwei bedeutsame Fakten davon ab. Erstens: Das gehörte sich nicht für ein junges Mädchen und es kam zu aufdringlich rüber. Zweitens: Ich war nicht versessen darauf, dass er mir vielleicht zwischen die Beine fassen und etwas „Seltsames" bemerken könnte. Jedes Mal, wenn mein Telefon anfing zu vibrieren, fühlte es sich an, als stünde ich unmittelbar vor einer wichtigen Prüfung, die ich nicht verhauen durfte.

Sergej um 18:15 Uhr

Hast du gar keine Angst wegen des Stalkers? Wenn ja, dann würde ich dir sehr gerne meine Gesellschaft anbieten und falls er dich dann wieder belästigt, mache ich ihm mal anständig klar, dass er dich nicht zu nerven hat. Ansonsten bekommt er es mit mir zu tun und das würde ich ihm nicht empfehlen.

Also, wenn das so ist – dachte ich – dann hatte ich wirklich große Angst – vor einem Stalker, der nicht existierte, aber zum Glück wusste Sergej nichts davon, oder zumindest wollte ich nicht, dass er das wusste. Es war sicher purer Leichtsinn, auf sein Angebot einzugehen, aber ich konnte einfach nicht anders. Irgendetwas in mir sagte, dass ich das Richtige tat und selbst wenn meine Intuition mich täuschte, ich wollte, nein, ich konnte ihm seinen Wunsch nicht abschlagen. Dafür war einfach alles daran viel zu aufregend.

Ich um 18:17 Uhr

Nein, ich habe keine Angst, aber wir können uns trotzdem sehen, wenn du unbedingt möchtest. Wann und wo treffen wir uns?

Was war schon dabei – dachte ich. Wahrscheinlich fand er mich doch sowieso doof und er suchte nur einen Zeitvertreib, weil ihm langweilig war. Warum hatte er sich sonst vier Wochen, nachdem ich ihm meine Handynummer an seinem Geburtstag gegeben hatte, nicht bei mir gemeldet? Leider war ich mir nicht darüber bewusst, dass er nicht vorhatte, das Treffen länger aufzuschieben.

Sergej um 18:19 Uhr
In einer Stunde am großen See hinter der alten leerstehenden Schule?

Ungünstigerweise hatte ich wohl seine Frage fehlinterpretiert. Ich glaubte, er spreche von morgen oder nächster Woche – irgendwann halt, aber dass er sich jetzt sofort treffen wollte, ahnte ich vorher nicht. Immerhin fühlte ich mich ja nicht wohl und auch wenn ich es geschafft hätte, mich selbst zum Aufstehen zu zwingen, meine Mutter hätte es nicht zugelassen, dass ihr krankes Kind das Haus verließ, denn wenn mich jemand sah, dachten die Leute wohl, ich würde meine Krankheit vortäuschen, weil ich der Schule gewesen war. Ich wollte ihm bereits absagen, aber dann fiel mir ein, dass meine Mutter und ich ja seit dem Vorfall kein Wort mehr miteinander sprachen. Warum zum Donnerwetter sollte ich sie also fragen, ob ich mich mit einem Freund treffen darf? Immerhin hatte sie einiges wieder gutzumachen. Kurzum, ich nutzte das schlechte Gewissen meiner Mutter schamlos aus.

Stürmisch rannte ich in mein Badezimmer, um mich in Windeseile fertigzumachen. Da ich mich mit Sergej an einem abgelegenen Ort, der so gut wie nie besucht war, treffen wollte, konnte ich meiner Kreativität freien Lauf lassen. Sergej dachte, ich sei ein Mädchen und so war es mir endlich einmal möglich, mich so zu schminken, wie es fast alle Mädchen in meinem Alter taten. Die Augen hatte ich sehr schwarz mit Wimperntusche und übermäßig viel Kajal umrandet. Ohne mich selbst loben zu wollen, aber das sah extrem verführerisch aus. Vielleicht etwas zu sehr? Immerhin durfte er nicht auf die Idee kommen, es sei okay, wenn er mich intim berührte, doch ich hatte keine Zeit mehr, irgendetwas an meinem Make-up zu korrigieren. Bevor ich das Badezimmer wieder verließ, sah ich mich um, ob mein Vater zu Hause war, der aufgrund meines Anblicks womöglich aus alles Wolken gefallen wäre oder vielleicht sogar das Bewusstsein verloren hätte.
Glück gehabt! Er war nicht da. Sein Auto stand auch nicht wie üblich vor dem Haus, das

musste also heißen, dass er sich nicht mal auf dem Grundstück aufhielt. Das kam mir selbstverständlich sehr gelegen. Schnell begab ich mich in mein Zimmer und streifte mir die sehr sorgfältig ausgesuchten Klamotten über. Zu aufgetakelt durfte ich nicht erscheinen, denn jemand hätte mich sehen können und dann wäre ich erledigt gewesen. Doch an einer hautengen, dunkelblauen Jeans, einer schwarzen Seidenbluse und einigermaßen neutral aussehenden schwarzen Schnürschuhen aus Wildleder war nach meiner Ansicht nun wirklich nichts auszusetzen. Alles in allem sah davon aber überhaupt nichts nach Jungenkleidung aus. Sollte es ja auch nicht. Es ging mir lediglich darum, dass man nicht sofort auf den ersten erkennen konnte, dass es sich hierbei um Mädchenkleidung handelte, aber ein Rock wäre definitiv bereits von Weitem ins Auge gestochen.

Ich wollte die Haustür öffnen, um mich zum vereinbarten Treffpunkt zu begeben, als ich bemerkte, dass ich die Rechnung ohne den Wirt, in diesem Fall ohne meine Mutter, gemacht hatte. Zynisch keifte sie mich von der Wohnzimmertür aus an:
„Wo willst du hin?"
Ich hatte nicht die Absicht, ihr mein Vorhaben mitzuteilen. Welchen Grund hätte ich auch

gehabt? Sie wäre schließlich so oder so nicht damit einverstanden gewesen.

„Weg! Bis später!"

Dann war ich auch schon durch die Eingangstür verschwunden. Es war doch wirklich erstaunlich, dass meine Mutter mich gehen ließ, ich war mir sicher, dass ihr schlechtes Gewissen etwas damit zu tun hatte. Wie auch immer, das Schicksal schien ausnahmsweise auf meiner Seite zu sein.

Ich wartete über eine ganze Stunde vergebens darauf, dass Sergej jeden Moment um die Ecke der alten, verlassenen Tanzschule kam und als ich mich schon bereit machen wollte, zu gehen, vernahm ich das monotone Geräusch eines viel zu schnell fahrenden Autos. Wem auch immer dieser Wagen gehörte, dachte scheinbar nicht daran, dass man auf einer Dorfstraße ständig mit spielenden Kindern rechnen musste, aber als ich sah, wer dieses viel zu schnelle Auto fuhr, machte mein Herz unzählige Freudensprünge. Gehetzt sprang Sergej aus seinem schwarzen BMW. Ich war sprachlos. Wie konnte sich ein Banklehrling im dritten Lehrjahr so eine Karre leisten? Wie finanzierte er das? Vielleicht stimmte es ja doch, dass alle Ausländer ihre kriminellen Machenschaften hatten, aber um mal ganz ehrlich zu mir selbst zu sein, war mir das in diesem Moment völlig gleichgültig. Ich wollte einfach nicht weiter darüber nachdenken. Für mich zählte nur, dass er endlich da war. Mit großen Schritten, fast schon laufend, kam er auf mich zu. Ich saß auf einer alten, Tischtennisplatte aus Beton und versuchte, gelassen zu wirken. Auf seinem Gesicht konnte ich schon aus der Entfernung deutlich sein wunderschönes Lächeln erkennen. Sergej erschien in außerordentlich gepflegter Kleidung und noch bevor er unmittelbar vor mir stand, roch ich seinen verführerischen Duft. Er trug ein mildes und zugleich männlich riechendes Herrenparfum, dessen Geruch ich noch lange danach in der Nase hatte.

„Entschuldige bitte, dass du ein paar Minuten warten musstest, aber mit der Pünktlichkeit stehe ich schon seit ewigen Zeiten auf Kriegsfuß", sagte er verlegen, während er mich zur Begrüßung umarmte.

Einige Minuten? Ich dachte, er wollte mich auf den Arm nehmen. Ich wusste nicht, was er unter einigen Minuten verstand, aber ich wäre wohl die Letzte gewesen, die ihn dafür zur Rechenschaft hätte ziehen dürfen, weil ich mit Abstand die unpünktlichste Person war, die ich kannte. Hauptsache er war da, alles andere war unwichtig.

Selbstbewusst antwortete ich: „Ich habe gar nicht so lange gewartet, aber jetzt, wo du es erwähnst: Es ist nicht gerade galant, ein junges Mädchen warten zu lassen."

Sergej sah mich fragend an.

„Du wirst es schon verkraften. Hast du Lust, ein bisschen spazieren zu gehen, oder bist du vor Kälte erstarrt?"

Sonderlich einfühlsam klang das nicht, aber Sergej hatte eine Art an sich, die Dinge zu sagen, dass man ihm nie hätte böse sein können.

Der Weg war sehr steinig und überall sah man den noch hohen Schnee auf der Wiese liegen. Wir gingen eine kleine, sandige Allee entlang. Anfangs wussten wir nicht genau, worüber wir uns unterhalten sollten und das war mir sichtlich unangenehm. Womöglich fand er mich langweilig. Vielleicht war er aber auch nur schüchtern und wollte nichts Falsches sagen. Schließlich war ich es, die das Gespräch in Gang brachte.

„Wie kam es, dass du dich vier Wochen nicht gemeldet hast?"

Er sah mich einen Augenblick lang schweigend an und erhob die Augenbrauen, so als wollte er sich seine Antwort gut überlegen.

„Ich musste mir einige Dinge bewusst machen und wollte nichts überstürzen."

Worüber musste er sich klar werden und was hatte das alles mit mir zu tun? Außerdem –

was sollte er schon überstürzen? Hatte ich was verpasst? Ich ahnte bereits, dass er ganz bestimmt nicht von irgendeiner belanglosen Sache sprach. Seine Antwort warf neue Fragen in mir auf, doch die Frage, die mir auf der Seele brannte, bekam ich einfach nicht über meine Lippen. Wusste er nun alles über mich und hatte er das damit gemeint, oder war es nur das, was ich mir wünschte, denn wenn er über mich Beschied wusste und mich trotzdem treffen wollte, hätte das bedeutet, dass er sich offensichtlich über die Konsequenzen bewusst zu sein schien. Warum konnte ich mich nicht ganz einfach wie alle anderen Mädchen auch mit einem Mann treffen, ihn ganz normal kennenlernen, um anschließend zu schauen, was dabei herauskam?

KAPITEL 6

Eine Reise nach Bayern gefällig?

Endlich gab es etwas zu essen – dachte ich. Noch immer hatte ich diese heftigen Fressanfälle. Ich füllte mir einen großen Teller voll mit Kartoffelsalat auf und setzte mich an den Küchentisch, um meine Mahlzeit genießen zu können, doch auf meine Mutter war wie üblich Verlass. Sie schaffte es immer, mir jegliche gute Stimmung zunichte zu machen. Wie von einem Pferd getreten stürmte sie in die Küche hinein. Ich traute meinen Augen nicht, als ich ihr aufgebrachtes Gesicht sah, noch schlimmer wurde es, als sie ihren Mund aufriss, um scheinbar für sie ganz plausible Wortmeldungen von sich zu geben. Eigentlich war es absurd, mit welcher Überzeugung sie versuchte, mir ihre neusten Erkenntnisse schmackhaft zu machen.

„Ich bin an allem schuld! Nur ich, sonst niemand!", schrie sie mich förmlich an.

Offensichtlich hatte sie den Verstand verloren. Da ich noch immer kein Wort mit ihr gewechselt hatte, ging ich davon aus, dass sich ihre Bemerkungen auf den vergangenen Streit bezogen. Tja, aber meine Mutter wäre nicht Constanze Schöbel gewesen, wenn sie es nicht immer wieder geschafft hätte, einen neuen Anlass zur Auseinandersetzung zu liefern.

„Wovon zur Hölle sprichst du?"

Ohne Luft zu holen fuhr, sie fort: „Ich habe über deinen Fall gelesen und ein berühmter Professor hat berichtet, dass Mütter ihre Söhne krank machen, wenn sie zu viel Zeit mit ihnen verbringen. Ganz besonders dann, wenn das Kind keinen großen Bezug zum Vater hat. Das Kind versucht, seiner Mutter nachzueifern und schlüpft in ihre Rolle, um ihr ganz nahe sein zu können. Man könnte sagen, sie haben eine panische Angst, vor ihrer Mutter getrennt zu sein und sie leben in zwei unterschiedlichen Welten. Einerseits sind sie Mann und andererseits möchten sie gerne wie ihre Mütter sein. Er meinte aber, es gäbe eine erfolgreiche Therapie. Findest du nicht auch, dass das alles sehr auf dich zutrifft?"

Ich fiel aus allen Wolken und musste die Selbstbezichtigung meiner Mutter zunächst einmal verdauen. Sie hatte sich ja in der Vergangenheit schon so manches Ding geleistet, aber das hier schlug dem Fass endgültig den Boden aus. Immer wenn man dachte, sie hätte den Vogel abgeschossen, setzte sie noch einen drauf. Es war verständlich, dass sie nach Antworten suchte, aber auf so eine bescheuerte Idee konnte nicht einmal sie kommen, so viel war sicher. Mir schwante bereits, wer hinter dieser Vermutung steckte. Das waren mit absoluter Sicherheit die Worte meiner hinterhältigen Schwester. Ich wusste nicht, was mich an dieser Behauptung mehr aufbrachte. Dass meine Mutter mir vorwarf, ich würde sie nachahmen oder dass sie das für ein Faktum hielt? Anscheinend hielt sie ihre Rolle in meinem Leben für wichtiger, als sie in Wirklichkeit war. Es stimmte, ich habe als Kind sehr viel Zeit mit ihr verbracht und natürlich hing ich an ihr, allerdings nicht mehr als andere Kinder auch, möchte ich mal behaupten. Ich kann nicht sagen, dass ich um jeden Preis wie sie sein wollte. Nein, das wollte ich ganz sicher nicht. Wäre ich an ihrer Stelle gewesen, hätte ich vieles in meinem Leben anders gestalten wollen. Somit war ihre Behauptung kompletter Blödsinn. Es störte mich auch nie, einige Tage von ihr getrennt zu sein. Ganz im Gegenteil, manchmal war ich froh, meine Ruhe vor ihr zu haben. Ich genoss es nur einfach, ihr zuzuhören, wenn sie von früher erzählte, darum verbrachte ich auch heute noch gerne lange Stunden mit ihr, in denen wir sprichwörtlich über Gott und die Welt sprachen.

„Das kommt nicht von dir! Katja hat dich auf diese schwachsinnige Idee gebracht, richtig?"

Meine Mutter schwieg.

„Ob das richtig ist, habe ich dich gefragt!"

Sie wollte es erst nicht zugeben, sah dann aber ein, dass ihr schweigsames Verhalten zu nichts führte.

„Ja, sie hat so was in der Art zu mir gesagt, aber bitte schreie sie nicht wieder gleich ..."

Noch bevor meine Mutter ihren Satz beenden konnte, sprang ich wutentbrannt vom Tisch auf und ließ sie alleine in der Küche stehen. Katja konnte sich auf eine Abreibung gefasst machen. Mit großen Schritten rannte ich den langen Flur bis hin zu ihrem kleinen Zimmer entlang. Ohne zu klopfen riss ich die Zimmertür auf. Ein Glück – dachte ich – ihr kleiner Nazi-Freund war wahrscheinlich nicht im Haus, es saß nur sie alleine auf dem Bett und das hieß, ich konnte meiner Wut freien Lauf lassen. Unverzüglich fiel ich mit der Tür ins Haus und ließ all den Frust an ihr ab, der sich über Jahre hinweg in mir aufgestaut hatte.

Ich sah ihr in das verblüffte Gesicht, in welches ich ihr am liebsten für ihren Verrat gespuckt hätte. So wie sie verhielt sich keine verständnisvolle Schwester. So verhielten sich nur Hyänen, die sich auf ein junges, verletztes Gnu stürzten.

„Was fällt dir ein, so über mich zu reden? Schämst du dich gar nicht?"
Gerade wollte sich Katja rechtfertigen, doch ich ließ sie gar nicht erst zu Wort kommen, zu groß war meine Enttäuschung.
„Ich hatte eben eine sehr unterhaltsame Konversation mit Mutti", meine ich überzeugt und fuhr fort:
„Mal überlegen ... Wie war das denn gleich? Ach, ja! Richtig! Ich soll eine Therapie in Anspruch nehmen, weil ich angeblich ein Mutterkomplex habe? Du niederträchtiges, hinterhältiges, dummes ..."
Katja unterbrach meine Rede.
„Das habe ich so nie im Leben zu Mutti gesagt!"
Das durfte echt nicht wahr sein. Log sie mich jetzt etwa auch noch an beziehungsweise versuchte sie, mir etwas anderes glaubhaft zu machen? Ich kam mir vor, als ob jeden Moment ein Mann um die Ecke käme, um mich auf die versteckte Kamera aufmerksam zu machen.

„Nein, ganz sicher hast du das nicht! Sie hat das alles an den Haaren herbeigezogen. Du würdest so etwas doch nie über mich behaupten, nicht wahr?"

Katja war aufgeflogen, dabei hätte sie es eigentlich besser wissen müssen. Ich durchschaute Lügen sehr schnell und sie wusste das. Es war überaus schwer, mich hinters Licht zu führen. Am liebsten hätte ich ihr für diese Gemeinheit eine geklebt, aber eine solche Blöße hätte ich mir niemals gegeben, auch wenn es eine Genugtuung für mich gewesen wäre, geschlagen hätte ich sie niemals, das empfand ich als würdelos. Herablassend blickte meine Schwester mich an und begann mit Worten um sich zu schmeißen, die mich nicht nur in meinem Stolz, sondern auch in meiner Seele verletzten.

„Du braucht dich gar nicht erst aufzuregen! Ja, ich weiß nicht einmal, was du hast."

„Ich habe nur die Wahrheit gesagt. Es gibt einen Mann, der Fälle wie dich therapieren kann. Meiner Meinung nach versuchst du nur, Mutti nachzuspielen. Ich finde das geistesgestört."

Hielt sie es echt alles für ein Spiel? Für mich war es das nie gewesen und warum sollte ich auch versuchen, mich in die Rolle meiner Mutter zu begeben? Sicher war sie in vielen Dingen ein großes Vorbild für mich, aber ich ging für gewöhnlich ganz anders an die Dinge heran, als sie es tat. Ich war schon immer ein Mensch, der jedem seine Meinung offen ins Gesicht sagte, auch wenn es verletzend war. Natürlich hatte ich mit der Zeit gelernt, alles etwas charmanter auszudrücken, damit die Leute sich nicht vor dem Kopf gestoßen fühlten, es sei denn, ich mochte eine Person nicht, dann wählte ich meine Worte absichtlich verletzend. Meine Mutter tat dies zwar auch, aber sie konnte ihre Gefühle besser trennen. Wenn ich jemanden nicht mochte oder gar hasste, übertrug ich diesen Hass auch auf dessen Familie, Kinder und Freunde und das abzustellen, wollte mir nicht gelingen. Das unterschied meine Mutter und mich sehr voneinander und ich hatte auch nicht vor, etwas daran zu ändern. Auch der Klamottengeschmack hätte unterschiedlicher nicht sein können. Alles Fakten, die Katja großzügig übersah.

Ich konnte mir ihr Gequatsche nicht länger mit anhören. Ohne mich von ihr zu verabschieden, verließ ich das Zimmer und meine Mutter, die in diesem Moment den Raum betrat, forderte sie auf, das Haus zu verlassen. Das war auch für alle Beteiligten das Beste gewesen.

Als Katja das Haus verließ, rief ich ihr hinterher: „Ich hoffe, du hast eine angenehme Reise, Katja. Wenn du möchtest, kannst du dir ja ein Bahnticket nach Bayern kaufen, um dich dort in einer Therapie wegen eines Aufmerksamkeitskomplexes zu begeben."

Arrogant sah sie mich an.

„Dann kannst du dir ein Bahnticket in eine Irrenanstalt geben lassen."

Ja, das war wirklich eine große Enttäuschung für mich gewesen und es sollte noch Jahre dauern, bis ich meine Schwester wiedersah. Allerdings kam sie dann mit einem Problem zu uns, für das auch meine Mutter und ich keine Lösung fanden.

KAPITEL 7

Glasige Augen in einem Kitschroman

Es war das zweite Wochenende im März und der Frühling begann gerade, seinen Einzug zu halten. Ein angenehm milder Frühlingsabend – wie ich fand. An solchen Abenden, setzte ich mich gern auf das breite Marmorfensterbrett in meinem Zimmer und blickte in die weite Ferne hinter unserem Haus, wo es außer Bäumen und Weide nichts zu sehen gab. Ich zog mich oft sehr lange in meine eigene kleine Welt zurück, ohne dass mich jemand dabei störte. Manchmal hatte es eben auch seine Vorteile, auf dem Land zu wohnen.

Ein bisschen Musik war nicht schlecht. Ich steckte mir die Kopfhörer ins Ohr und starrte auf mein Handy. Damit hatte ich nicht gerechnet, aber als ich die Tastensperre öffnete, wurde mir eine Nachricht von Sergej angezeigt.

Sergej um 16:18 Uhr

Ist alles gut bei dir? Du meldest dich gar nicht und ich fange langsam an, mir Sorgen zu machen.

Er machte sich Sorgen? Etwa um mich? Warum sollte ich mich eigentlich immer als Erste bei ihm melden? Er hatte doch zwei gesunde Hände und ein Anruf oder eine SMS kostete ihn ja nun wirklich nicht die Welt. Ich dachte mir, Männer kann man einfach nicht verstehen. Nur zu gern hätte ich ihm euphorisch geantwortet, denn ich hatte mich bereits auf dem ersten Blick in ihn verliebt und es war unerträglich, nichts von ihm zu hören, aber mein dunkles Geheimnis hinderte mich daran, den Kontakt zu ihm aufrecht zu halten. Ganz davon abgesehen, wollte ich mich nicht aufdrängen. Einen Augenblick lang spielte ich mit dem Gedanken, die Nachricht wieder zu löschen, aber dann antwortete ich ihm doch:

Ich um 16:20 Uhr

Bei mir ist alles gut. In letzter Zeit war es nur etwas stressig.

Sergej um 16:21 Uhr

Wenn sich die Lage jetzt wieder bei dir beruhigt hat, dann würde ich sehr gerne wieder mit dir spazieren gehen. Bei schönem Wetter drinnen zu sitzen, passt gar nicht zu so einem hübschen Mädchen wie dir.

Ich um 16:23 Uhr

Wann und wo treffen wir uns dieses Mal? Wieder hinter der alten Tanzschule?

Sergej um 16:26 Uhr

Nein, ich hole ich dich direkt von zu Hause ab. In einer Stunde bin ich bei dir.

Gott sei Dank fragte meine Mutter nicht, warum ich das Haus verließ, es war ja Freitagabend und darum hatte ich morgen keine Schule und wenn sie es doch getan hätte, hätte ich ihr irgendeinen Bären aufgebunden. Sie wäre nicht sehr erfreut darüber gewesen, dass ich mich mit einem Jungen traf. Inzwischen hatte sie sich zwar damit abgefunden, dass die Dinge so lagen, wie nun einmal waren, ein fester Partner würde mich aber in große Schwierigkeiten bringen, behauptete sie konstant. Man hat zur zweit immer den Eindruck, stärker als der Rest der Welt zu sein und deshalb hätte ich mich schließlich doch noch offen zu mir bekennen können, wenigstens hatte sie Angst davor, dass es passieren könnte. Für mich stand das niemals zur Debatte. Ich stellte mir immer vor, wie es hätte sein können, wenn ich als Mädchen das Licht der Welt erblickt hätte, aber niemals wollte ich mir vorstellen, wie es gewesen wäre, wenn ich auch in der Öffentlichkeit zu mir selbst gestanden hätte. Ich mochte mir die gesellschaftlichen Folgen nicht ausmalen. Meine Mutter erfuhr von dem Treffen also nichts.

Äußerst ungeduldig wartete ich draußen vor der Eingangstür meines Elternhauses, bis endlich der schwarze BMW um die Ecke gefahren kam. Durch die getönten Scheiben konnte man Sergej nur schwer erkennen, aber in gewisser Weise imponierte es mir. Als ob ich auf der Flucht vor einem Massenmörder gewesen wäre, stieg ich blitzschnell in sein Auto ein. Ich wollte nicht doch noch in letzter Minute von meinen Eltern erwischt werden und dadurch in erhebliche Erklärungsnot geraten.
„Hey, du siehst gut ...“

„Ja, danke, können wir jetzt losfahren? Und zwar sofort?"

„Ist irgendjemand hinter dir her?"

„Fahr einfach los, bitte."

In den wenigen Sätzen, die wir während der Autofahrt miteinander wechselten, versuchte ich so selbstbewusst und intellektuell wie irgend möglich zu wirken. Zwar fuhren wir nicht sehr lange, doch kam es mir wie eine unendlich lange Zeit vor. Er fuhr in eine abgelegene Waldstraße, über die wir an ein idyllisches Plätzchen kamen, das an einen Kitschroman erinnerte und so kam ich mir auch vor – wie in einer ausgemachten Liebesschnulze.

Sergej stellte sein Auto am Straßenrand ab und zog langsam den Schlüssel aus dem Zündschloss.

„Da wären wir! Hier möchte ich mit dir den Abend verbringen. Nirgends kann man den Sonnenuntergang besser sehen und nirgends sieht er prachtvoller aus als genau hier an diesem Ort."

Damals bemerkte ich erstmals eine ganz andere Seite an ihm. Plötzlich schien er gar nicht mehr dieser schlagfertige, humorvolle und spottende, coole Typ zu sein. Nein, er hatte durchaus etwas Ernstes an sich. Was mir an ihm gefiel war, dass er für einen jungen

Mann eine sehr erwachsene und Reife Art besaß. Ich war zutiefst beeindruckt, aber noch immer immer konnte ich mich in der Situation nicht fallen lassen. Die Ungewissheit darüber, ob er nun das Wichtigste über mich wusste oder nicht, war einfach zu fest in meinem Hinterkopf verankert. Aufrecht und elegant – zumindest fühlte ich mich so – stieg ich aus seinem BMW. Ich hatte diese Gegend noch nie zuvor wahrgenommen oder vielmehr hatte ich nie die Gelegenheit dazu gehabt, aber es war ein so berauschendes Gefühl, auf dem kleinen Hügel, auf dem sich das dichte Waldstück befand, dazustehen und ins Tal hinabzusehen. Von dort aus kamen mir alle Probleme so klein, so belanglos und nichtig vor. Was löste dieses Gefühl in mir aus? War es ein Gefühl der Zufriedenheit? Ich konnte es nicht genau einordnen, aber ich verstand, warum sich Sergej häufig hier aufhielt. Lächelnd drehte ich mich zu ihm um, er stand angelehnt an der Motorhaube seines Wagens und steckte sich gerade eine Zigarette an.

„Bist du öfter hier oder willst du mich nur beeindrucken? Wenn ja, dann ist dir das hervorragend gelungen. Die Landschaft hier ist wirklich ein Traum."

Sergej pustete den Rauch aus seinem Mund und fing wieder an, schelmisch zu lachen.

„Ja, ich ziehe mich oft an diesen Ort zurück. Hier komme ich immer her, wenn ich mich mal sammeln und meine Gedanken sortieren muss. Irgendwie fühle ich mich hier von allen überflüssigen Gefühlen unbeeinflusst."

Mit seinen Worten, die so gefühlvoll und ehrlich zu sein schien, zog er mich immer mehr in seinen Bann und ich sah für einen kurzen Moment sinnlos auf den Boden, weil ich nicht wollte, dass er dachte, er hätte mich sicher in seinen Händen gehabt. Fälschlicherweise verstand er meine Geste als Desinteresse. Als ich meinen Blick wieder zu seinem Gesicht wandte, stammelte er bedrückt:

„Du kannst ruhig lachen, wenn du es witzig findest. Ich wollte dich wirklich nicht langweilen." „Nein! Warum sollte mir denn zum Lachen zumute sein? Ich verstehe sehr gut, wovon du sprichst."

Verwirrt blickte er mich an.

„Ach, ja?"

„Klar! Manchmal sucht man die eigenartigsten Orte auf, um sich zu sammeln. Ich kenne das! Wenn ich mal vor einer schwierigen Entscheidung stehe oder ich mich nicht wohlfühle, setz ich mich gern ans Ufer unseres Sees. Dort kann mich niemand stören und mich aus meiner Gedankenwelt reißen – außer vielleicht die Kühe auf der Weide unseres Nachbarbauern", lachte ich.

Sergej fand wohl, dass es Zeit war, ein anderes Thema anzuschneiden und bot mir eine Zigarette an. Eigentlich rauchte ich nicht, aber ich hatte bereits gegen so viele meiner eigenen Prinzipien verstoßen, dass es auf dieses eine auch nicht mehr ankam.

„Danke, aber anzünden kann ich sie mir alleine!", zischte ich ihn an, als er mir das Feuerzeug vor das Gesicht hielt.

Ich wusste nicht, ob er tollpatschig war und ich wollte mir nicht versehentlich meine mittlerweile brustlangen Haare ansengen lassen, obwohl das vielleicht unhöflich rüber kam. Während ich aus dem linken Augenwinkel heraus den beginnenden Sonnenuntergang sehen konnte, trat Sergej seine Zigarette auf dem Boden aus und ging mit entschlossenen Schritten auf mich zu. Er legte vorsichtig seine Hände um meine Hüften und der milde Hauch eines Windes streifte sanft meine Wangen. Langsam strich er mir eine Strähne aus dem Gesicht. Ich hätte dahin schmelzen können, gleichwohl bemerkte ich, dass es an Zeit war, das Ganze abzubrechen. Wenn ich ihn jetzt küsste, würde es mich mit Sicherheit nur in Schwierigkeiten bringen. Gerade als ich mich abwenden wollte, fragte er mich:

„Warum hast du dich nicht bei Natascha nach meiner Nummer erkundigt, damit du mir als Erste schreiben konntest?"

Das war ehrlich gesagt nicht ganz die Frage, die ich erwartet hatte. Ich konnte nicht glauben, dass er mich nach so etwas Belanglosem fragte. Gut, an seiner Stelle hätte es mich auch interessiert und es war sicher eine wichtige Frage, aber mit jedem Wort, das wir miteinander sprachen, wuchs in mir die Angst davor, ihm alles erklären zu müssen. Was war, wenn er mit mir schlafen wollte? Männer konnten ein unschickliches Übermaß an Einfältigkeit besitzen, wenn es darum ging, ihre „Flamme des Herzens" ins Bett zu kriegen. Sie waren sehr leicht zu durchschauen.

„Und wieso hast du etliche Wochen gewartet, statt dich zuerst bei mir zu melden, Schlaukopf?"

„Ich sagte doch neulich schon, ich musste mir erst über so manche Dinge bewusst werden, und immerhin habe ich mich doch gemeldet, oder etwa nicht?"

Genau jetzt fiel es mir wie Schuppen von den Augen. Worüber musste er sich im Klaren werden? Ich hatte bis zu diesem Zeitpunkt nicht weiter darüber nachgedacht, weil ich es als einen Scherz abgetan hatte. Bedeutete das, dass er über alles Bescheid wusste und die ganze Zeit darüber nachgedacht hatte, ob er sich etwas mit mir vorstellen konnte? Die Antwort auf diese Frage war so eindeutig, eigentlich hätte ich über sie stolpern müssen. Zum einen war ich mir sicher, dass er es wusste. Wiederum konnte ich ihn ja nicht so direkt danach fragen. Im Falle eines Irrtums hätte ich mich bis auf die Knochen vor ihm blamiert, also beschloss ich, anders an die Sache heranzugehen und begann – womöglich war es besser, eine winzige Andeutung durch die Blume zu machen.

„Worüber hättest du schon nachdenken können? Können Männer überhaupt richtig denken?"

Im Gegensatz zu mir diente ihm meine Frage nicht zur Belustigung. Etwas verärgert, aber doch sachlich, rechtfertigte er sich und das war genau das, was ich damit erreichen wollte. Er sollte mir nun die volle Wahrheit sagen und nicht so um den heißen Brei herumreden.

„Sag mal, wie denkst du eigentlich über Männer? Natürlich können wir über wichtige Dinge, die uns berühren, nachdenken. Ich finde das gar nicht komisch!"

Ich musste lachen, weil ich merkte, dass er sich mir gleich öffnen würde.

„Du hast so ein großes Mundwerk und du sagst die Dinge immer geradeheraus, wie du sie siehst. Das mag ich an dir. Ich brauche keine Marionette. Meine Freundin müsste sich schon ihre eigene Meinung bilden können."

Halt, ich hing scheinbar noch mehrere Gedankengänge hinterher. Was meinte er? „Seine Freundin?" Wo war der Punkt, an dem ich hier etwas verpasst hatte? Ohne dass ich Einwände erheben konnte, fuhr er fort:

„Leo, ich habe über uns nachgedacht – über dich, über mich. Als Natascha von dir erzählte und dich beschrieb, wollte ich dich unbedingt sehen und ... dann wollte ich ... musste ich ... Ich meine, ich fand dich gleich ... Ich habe keinen Schimmer, wie ich es dir sagen soll. Erst fand ich es aufregend. Verstehe mich bitte nicht falsch, aber mich hat anfangs der Gedanke an eine Bettgeschichte mit dir gereizt. Es wäre mal etwas völlig anderes gewesen, bis du aus dem Auto ausgestiegen bist und ich dich vor mir stehen sah. Ich weiß, dass es ein mutiger Schritt ist, aber das ist mit egal, weil ich mich in dich verliebt habe."

Zehntausend Steine, ja ein ganzes Gebirge fiel mir vom Herzen, als ich hörte, was er mir zu sagen hatte. Natascha hatte ihn über mich aufgeklärt und trotzdem hatte er sich in mich verliebt. Es kam äußerst selten vor, aber ich war so sprachlos, dass ich stumm wie ein Baum dastand und ihn wie eine Kuh anstarrte. Nun legte er seine Hände enger um meine Hüften und zog mich näher zu sich heran.

Wieder strich er mir eine Strähne aus meinem Gesicht. Sein Gesicht kam dichter an mich heran und beinahe hätten sich unsere Lippen berührt, doch dann ging er entsetzt einen Schritt zurück.

„Was ist mit deinen Augen los? Warum sehen sie so glasig aus?"

„Glasig? Hast du sie noch alle? Die sehen immer so aus, wenn das Licht dagegen fällt. Besonders, wenn es warm ist und ich in der Sonne sitze."

„Noch nie habe ich so schöne Augen gesehen. Trägst du Kontaktlinsen?"

Ich schüttelte zufrieden den Kopf. Wieder näherten sich mir seine Lippen, bis sie mich endlich sanft berührten. Erst zärtlich, doch dann voller Leidenschaft küsste er mich zum ersten Mal in meinem Leben. Das Zwitschern der Vögel, das Rauschen des Windes in den Blättern und das entfernte Rasen eines Autos, das alles zerlief zu einem monotonen Geräusch. Was einzig und alleine für mich zählte, war der Kuss, dieser umwerfende Kuss und sein Atem in meinem Gesicht. Wenn es in meiner Macht gestanden hätte, wäre die Zeit stehen geblieben, sodass der Augenblick nie Vergangenheit werden würde. Ich vergaß alles andere um mich herum und das war einer dieser Momente, die ich für immer in meinem Herzen behielt.

KAPITEL 8

Und wie geht es jetzt weiter?

„Ich glaube, es ist Zeit für mich, nach Hause zu gehen", bemerkte ich scharfsinnig.
Sergej hielt mich an einer Hand fest, als ich aufstand, um mir meine Jacke anzuziehen.
„Wieso? Du kannst doch heute hier schlafen."
Damit traf er einen wunden Punkt bei mir. Drei Wochen waren seit unserem ersten Kuss vergangen und bis jetzt ist es auch beim Küssen geblieben. Unsere Zärtlichkeiten waren noch nie übers Kuscheln hinausgegangen. Ich hatte Angst davor, mich ihm zu präsentieren. Auch wenn er mir versicherte, dass er mich niemals abscheulich finden würde, es war eine zu große Hürde für mich gewesen, denn wie sollte man von einem Mann begehrt werden, wenn man sich selbst

nicht akzeptieren konnte? Obwohl es mein Wunsch war, mich ihm hinzugeben, ich hatte wieder einmal Angst vor den Folgen.

„Sergej, ich wäre heute Abend wirklich lieber zu Hause. Meine Mutter fängt schon an, misstrauisch zu werden. So langsam kauft sie mir die Ausrede, dass ich bei Miriam sei, nicht mehr ab", versuchte ich ihm klarzumachen.
„Bitte, Leo! Nur heute! Bleib bei mir! Du musst nichts tun, was du nicht willst, das verspreche ich dir", versicherte er mir betroffen.
„Es ist nicht so, dass ich nicht will – ich bin einfach noch nicht soweit."
„Wovor hast du Angst?"
„Du weißt sehr genau, wovon ich spreche."
„Ich verstehe dich nicht, habe ich nicht gesagt, du musst das nicht machen."
„Aber was wäre, wenn ich es wollen würde?"
Dass ich die Frage stellte, war mir im Nachhinein so unangenehm, dass ich puterrot anlief. Verständnisvoll versuchte er, mir meine Angst zu nehmen.
„Dann lassen wir es halt einfach geschehen. Bitte, Leo. Nur diese eine Nacht! Bitte, bleibe bei mir, ich möchte auch mal etwas länger als nur ein paar Stunden Zeit mit dir verbringen und du hast doch Ferien. Meinetwegen kann der Sex auch warten."

„Ja, ja! Schon klar!" – dachte ich. Welcher Junge würde schon darauf warten, bis das Mädchen bereit dazu war. Vielleicht wollte er ja auch gar nicht mit mir schlafen. Mir kam ein abscheulicher Gedanke, den ich gar nicht aussprechen mochte. Es war doch möglich, dass er mich zwar äußerlich attraktiv fand, er aber eine Abneigung gegen mein äußerliches Geschlecht empfand. Diese Vermutung machte es für mich nur noch schwerer, mit ihm intim zu werden.

„Der Sex kann auf sich warten lassen."

Jedes andere Mädchen wäre über einen solchen Satz froh gewesen, wahrscheinlich wäre ich das auch, aber ich stellte wie immer alles infrage und das bereitete mir wieder einmal schreckliche Kopfschmerzen. Kurzum, ich dachte viel zu sehr über alles nach. Es war doch wirklich erstaunlich zu sehen, wie eine einzige, vermutlich nur so dahin gesagte Bemerkung aus dem Mund meines Freundes, eine totale Verwirrung in mir auslöste. Schluss jetzt – dachte ich. Ich durfte mich nicht immer von meiner Angst leiten lassen, das machte alles kaputt und so beschloss ich, ihn hintenherum darauf anzusprechen und erschuf dadurch offenbar ein Missverständnis.

„Also willst du noch nicht mit mir ins Bett? Verstehe ich das richtig, du würdest für mich auf Sex verzichten?"

Sergej musste über meine Frage so schrill lachen, dass er sich beinahe an seiner Zigarette verschluckte, die er auf dem Balkon rauchte.

„Klar, würde ich das. Ich warte so lange, bis du es von selbst möchtest, oder hast du einfach nur Angst davor, dass es weh tut?"

Das war wirklich unsensibel von ihm, sich so über mich lustig zu machen. Ich hatte Angst – ja, aber ganz bestimmt nicht vor eventuell anfänglichen Schmerzen, obwohl ich gestehen musste, dass ich zu dieser Zeit noch gar keine konkrete Ahnung davon hatte, wie genau diese Art von Geschlechtsverkehr denn nun eigentlich ablief. Dahingehend zog ich es vor, mich überraschen zu lassen. Es war ja bekanntlich besser, sich nicht zu viel zu erhoffen und es nicht zu sehr zu planen, zumindest rieten mir meine Freunde dazu. Die an diesem Tag schlechte Auffassungsgabe meines Freundes setzte mich einer bitterer Enttäuschung aus. Ohne dass ich auf seine Antwort etwas erwiderte, befahl ich ihm, mich endlich nach Hause zu bringen.

„Fahr mich jetzt einfach nach Hause. Meine Mutter wartet bestimmt schon mit dem Essen auf mich."

„Es ist zweiundzwanzig Uhr. Willst du mir jetzt erzählen, dass ihr bei euch zu Hause immer so spät zu Abend esst?"

War es tatsächlich bereits so spät geworden? Die Zeit mit ihm verging so rasch, mir kam es vor wie zwei Stunden. Wenn ich mir über die Uhrzeit im Klaren gewesen wäre, hätte ich mir bestimmt eine bessere Ausrede einfallen lassen.

Die gesamte Zeit, die wir im Auto während meines Nachhauseweges verbrachten, ging mir die Vermutung, dass er mich eventuell abstoßend finden könnte (obwohl er ja bereits „alles" über mich wusste und ebenso hätte wissen müssen, worauf er sich einließ), nicht mehr aus dem Sinn und sie war der Grund für unsere erste Auseinandersetzung – und das alles nur wegen eines dummen Missverständnisses.

Kaum war ich durch die Tür hereingekommen, begrüßte meine Mutter mich mit unerträglich löchernden Fragen. Das hatte mir gerade noch gefehlt. War es nicht schon genug, dass Sergej meine Nerven strapazierte? Wie üblich setzte meine Mutter noch eins drauf, dafür hatte sie Talent. Ich hatte nicht die Absicht, auf ihre überflüssigen Fragen zu antworten und ging geradewegs in mein Zimmer. Noch ehe ich dazu kam, es abzuschließen, hörte ich ihre lauten, polternden Schritte auf mich zukommen. Meine Mutter besaß eine Gangart, wie ich sie bei noch keinem andern erlebte. Sie konnte einfach nicht schleichen, wenn sie sich auch noch so sehr bemühte. Ging sie des nachts „leise" ins Badezimmer, wurde das ganze Haus von ihrem Stampfen aufgeweckt. Mittlerweile hatten sich alle daran gewöhnt. Alle, bis auf meinen Vater. Er beschwerte sich immer wieder über ihren ohrenbetäubenden Gang. Seiner Meinung nach hatte sie diese lästige Eigenschaft an beide Kinder weitergegeben. Was meine Schwester betraf, konnte ich das durchaus bestätigen, aber was mich anging, bekam ich es zwar immer wieder gesagt, jedoch hatte ich da meine Zweifel. Es fiel mir selbst nie auf. Nicht nur die Gangart hatte ich von meiner Mutter geerbt, wir sahen uns zum Verwechseln ähnlich. Oft kam es vor, dass man mich auf Jugendfotos meiner Mutter mit ihr verwechselte. Ich musste ehrlich gestehen, dass es mir schmeichelte. Nicht weil ich scharf darauf war, so auszusehen wie sie, vielmehr machte es mich stolz, dass ich so viel Ähnlichkeit mit ihr besaß und somit für einen Jungen übertrieben weibliche Gesichtszüge hatte. Mit meinem Aussehen hatte ich noch nie ein Problem gehabt. Alle nahmen an, ich war ein hübsches, junges Mädchen, zumindest diejenigen, die mich nicht kannten. Ja, ich war eine attraktive, weibliche Person und ich bin es auch geblieben. Doch, das kam man mir durchaus glauben. Nicht alle intersexuellen Frauen sehen hässlich oder männlich aus. Auch wenn die Mehrheit ein anderes Bild vor Augen hat.

Meine Mutter riss die Zimmertür auf und auf einmal stand sie mir gegenüber, für ihre Verhältnisse viel zu verständnisvoll.

„Wenn du mit deinen Freunden zusammen bist ..." sagte sie, „ ... bist du fröhlich, aufgeschlossen und eine richtige Kichererbse, aber mir gehst du ständig aus dem Weg. Du antwortest mir nicht auf meine Fragen und wenn ich etwas mit dir unternehmen möchte, wendest du dich sofort von mir ab. Ich verstehe zwar nicht die Gründe für dein Verhalten, aber ich möchte, dass du weißt, dass du jeder Zeit mit mir darüber reden kannst. Wie es aussieht, habe ich ja nur noch eine Tochter. Katja scheint ja mit unserer Familie abgeschlossen zu haben."

Hatte sie eben Tochter gesagt oder hatte ich mich da verhört? Manchmal konnte sie doch richtig nett sein. Aber ihr Geheuchel stank zum Himmel. Ihr ewiges Hin und Her stellte die enge Bindung zwischen uns auf eine harte Zerreißprobe. Denn einerseits sah sie mich hin und wieder als Tochter an und in seltenen Momenten betitelte sie mich auch so. Andererseits hatte sie immer etwas daran auszusetzen, wenn ich mich auf den Weg zu meinem Freund machte. Sie verweigerte mir sogar, mich zu ihm zu bringen, wenn ich sie darum bat. Manchmal bereute ich es, ihr von ihm erzählt zu haben, aber ich dachte, sie hätte mich vielleicht ja doch verstanden. Tja, so kann man sich in einem Menschen täuschen. Obwohl ich so etwas schon von Anfang an vermutete. Ohne mit der Wimper zu zucken, schubste ich sie aus meiner Tür.

Ich sah auf mein Handy. Schon drei Minuten, nachdem ich sein Auto verlassen hatte, schrieb Sergej mir eine SMS. Ich hatte dies zwar nicht erwartet, so wie ich ihn kannte, hätte ich aber eigentlich damit rechnen müssen. Mir war immer noch nicht ganz klar, ob er er meiner Frage auswich, oder ob es sich hierbei um ein Missverständnis handelte. Wie üblich zog ich die negative Möglichkeit vor, so wäre die Niederlage nicht allzu unerträglich gewesen.

Sergej um 23:19 Uhr

Warum haust du immer so schnell ab? Bist du dir nicht sicher, ob du das Richtige tust, wenn du mit mir zusammen bist oder gibt es einen anderen Grund, den ich wissen sollte?

Ich um 23:48 Uhr

Ich bin durchaus gut dazu in der Lange, richtig und falsch voneinander zu unterscheiden und ich hoffe, du bist es auch! Es ist ist nur sehr schwer für mich, mich bei dir fallen zu lassen. Versteh mich bitte nicht falsch.

Sergej um 23:51 Uhr

Bei mir fallen zu lassen? Dann sage mir doch mal, was ich falsch mache.

Männer und ihr enorm großes Ego! Die Ursache lag ja nicht bei ihm. Ich hatte jetzt wirklich keine Lust, mich zu streiten. Vermutlich war es besser, die Sache auf sie beruhen zu lassen, aber unter Stressbedingungen konnte ich noch nie gut abschalten.

Tagebucheintrag vom 7. April

Als ich heute während der Mathenachhilfe zu Alice rüber sah, ist mir aufgefallen, wie sehr ich sie beneide. Ich kann nicht sagen, dass ich sie bewundere, aber ich wünschte, ich könnte mich so anziehen wie sie. Alice ist drei Klassen über mir und wir haben nicht wirklich etwas miteinander zu tun, aber das ist auch nicht wichtig. Ich beneide jedes Mädchen, dass nicht darauf achten muss, wie feminin sie sich in der Öffentlichkeit gibt. Ob sie weiß, was für ein Glück sie hat? Sie muss sich nicht verbergen. Ich höre die anderen Mädchen, wie sie über Probleme sprechen, aber wenn ich mir ihre Probleme so anhöre, würde ich liebend gerne mit ihnen tauschen. Sie dürfen sich verlieben und leiden an Liebeskummer. Ich dagegen leide weder an Liebeskummer, noch darf ich mich verlieben.

Aber ich bewundere Alice nicht nur deswegen. Es ist diese Art von Selbstbewusstsein, um das ich sie beneide. Ihr Selbstbewusstsein ist echt und nicht aufgesetzt. Sie mag vielleicht etwas zu direkt oder besser gesagt etwas zu forsch sein, aber wenn ich mir Alice so ansehe, denke ich, dass sie es sich leisten kann.

KAPITEL 9

Peinlich gelaufen

Trotz aller Geduld und allem Verständnis verfolgen mich noch immer meine Zweifel und umso mehr Zeit verstrich, desto mehr wurde mir bewusst, dass ich ihn nicht ewig hinhalten konnte. Es war die Zeit gekommen, den nächsten Schritt zu gehen, auch wenn ich dazu noch nicht bereit war. Irgendwann musste ich mich überwinden, ansonsten hätten wir nicht den Hauch einer gemeinsamen Zukunft gehabt. Ich versuchte aber, es so lange wie möglich hinauszuzögern. Darum kam es mir mehr als gelegen, dass nach den viel zu kurzen Ferien unsere geplante Klassenfahrt nach Weimar anstand. An unserer Schule war es Tradition, dass alle Schüler der neunten Jahrgangsstufe an ihr teilnahmen und so blieben auch wir nicht davon verschont. Sicher, es war eine gute Gelegenheit, dem Stress mal für eine Weile zu entrinnen und Klassenfahrten waren ohne Frage besser als im Klassenzimmer zu sitzen und im Unterricht mitmachen zu müssen, aber mir war auch klar, was das hieß. Selbstverständlich war es strengstens untersagt, dass Mädchen und Jungen zusammen im selben Zimmer übernachteten und da so gut wie keiner von meinem wahren Ich wussten, blieb mir keine andere Möglichkeit, als mir mit anderen Jungs ein Zimmer zu teilen. Meine größte Angst war, dass ich mit Marc oder Jacob auf einem Zimmer sein musste. Ich hoffte, dass mir das erspart bleiben würde, aber wie das so ist im Leben: Ein Unglück kommt selten alleine, und es kam noch viel schlimmer als befürchtet. Ich musste mir doch tatsächlich mit beiden dasselbe Zimmer teilen. Ich dachte, das würde die mit Abstand schlimmste Klassenfahrt werden, die ich je während meiner gesamten Schullaufbahn durchlebt hatte, aber es war anderes gekommen. Zu meiner Überraschung verhielten sich beide mir gegenüber angenehm verträglich. Auch wenn es mich Überwindung kostete, nett zu ihnen sein zu müssen wahrte ich nach außen hin lieber ein freundliches Gesicht, da ich einer Auseinandersetzung lieber aus dem Weg gehen wollte. Noch nie zu vor hatte ich mich so sehr nach Hause gesehnt wie in dieser einen Woche und ich konnte die Heimfahrt schon nicht mehr abwarten. Es war nicht so, dass ich meine Familie oder das Dorfleben vermisste, dafür war ich denn doch nicht lange genug von zu Hause weg. Nein, ich sehnte mich nach meinem Sergej und die Angst vor einer Enttäuschung, die mich eventuell nach meiner Ankunft in Seeleben erwarten würde, machte alles nur noch schlimmer. Ich kann mich noch genau an jenes Erlebnis erinnern, welches mich zum Umdenken anregte. Es war der vorletzte Tag in Weimar und Miriam und ich konnten uns unbemerkt an Frau Gaiger vorbeischleichen, um heimlich hinter der Jugendherberge zu rauchen. Mittlerweile hatte ich mir das Rauchen fest angewöhnt und es ist mir nie gelungen, das wieder zu ändern. Auch wenn ich anfangs befürchtete, meine Stimme könnte dadurch tiefer werden und sich somit maskuliner anhören, aber zum Glück trug sie nie den geringsten Schaden davon. Meine Stimme blieb also weich.

Als ich mir das Feuerzeug unter meine Zigarette hielt, stieß mich Miriam an, um mich auf Emma aufmerksam zu machen, die ich just in diesem Moment um die Ecke der alten, grauen Jugendherberge kommen sah. Kaum dass ich sie gesehen hatte, brach ich auch schon in schrill klingendes Gelächter aus. Emmas bloßer Anblick diente keinesfalls der Belustigung, umso mehr dafür die Neuigkeit, die wir von Jacob erfahren hatten. Nach seiner Angabe hatte sie sich letzte Nacht in das größerer Zimmer der Jungs geschlichen und offensichtlich herrschte eine aufregende Stimmung, die Emma vergessen ließ, in welcher Art von Gesellschaft sie sich befand. Es war ihr mit Sicherheit peinlich gewesen, aber da Jungs oftmals noch viel größere Plappermäuler als Mädchen zu sein schienen, erzählten sie uns, dass Emma vor lauter Lachen ein sehr lautes Geräusch von sich gegeben hatte. Dass Jungs so etwas taten, war ja bekanntlich nichts Neues, aber dass ein Mädchen das tat, dazu noch eines, dass sich in der Öffentlichkeit übertrieben reif verhielt, gab uns allen Anlass zu neuen Lästereien. Ich hatte die Schwierigkeiten, die sie mir im Winter des letzten Jahres bereitet hatte, noch längst nicht vergessen und somit war es Balsam für meine Seele, als ich sie darauf ansprach.

„Hast du auch eine Zigarette für mich?"

Das war wirklich eine Unverschämtheit – dachte ich. Erst redete sie bei meiner Klassenlehrerin so schlecht über mich, dass ich einen mündlichen Verweis bekam und dann sollte ich ihr auch noch eine von meinen Zigaretten abgeben. Das hätte ich mit größter

Sicherheit niemals getan, darauf konnte sie Gift nehmen. Ihre Frage überhörte ich großzügig, doch ihre „Furz-Aktion" sollte nun meiner Rache dienen. Lachend platzten die Sätze aus mir heraus:

„Sag mal, Emma! Ich habe von deiner kleinen nächtlichen Luftverpestung gehört. Ich muss zugeben, plötzlich sehe ich dich mit ganz anderen Augen! So was hätte ich ja von dir nicht erwartet."

Ich musste so sehr lachen, dass ich nur noch nach Luft hecheln konnte. Emmas Gesicht war einfach unbezahlbar. Sie sah aus, als hätte sie mich mit ihrem Blick foltern oder gar töten wollen. Ohne jede Emotion sah sie mir entgeistert ins Gesicht.

„Ja, du mich auch, Leon!"

Dann ging sie wieder in die Jugendherberge zurück.

Ich wusste nicht, warum sie sich ausgerechnet zu Miriam und mich dazustellen wollte, aber als ich erfuhr, warum es so aussah, als wäre sie jeden Moment in Tränen ausgebrochen, tat sie mir so leid, dass ich sie am liebsten in den Arm genommen hätte, um sie trösten zu können. Eigentlich dachte ich, ihr wäre die Situationen einfach unangenehm gewesen, aber da lag ich komplett falsch.

Ich ging zum Eingang zurück, wo ich auf Siena und Anja stieß, die versuchten, die arme

Emma etwas zu beruhigen. Vom Weiten sah ich, wie Anika – Anja Zwillingsschwester – dazu kam und Emma ein großes Glas Wasser reichte. Hatten sie meine Worte etwa so sehr getroffen, dass sie jetzt weinen musste? Wenn ich mich schon mal rächen wollte – dachte ich.

„Emma, mach dir doch da nichts draus!" Verwirrt sah sie mich an. Sie hatte nicht die geringste Ahnung, wovon ich sprach.

„Wie kannst du so etwas sagen? Hast du eine Ahnung, wie es ist, wenn dich dein Freund mit einer anderen betrügt und du sitzt hier, Hunderte von Kilometern entfernt von ihm und kannst nichts machen? Ich glaube nicht, dass du da mitreden kannst!", brüllte sie mich fassungslos an.

Das war es also, was sie so zusammenbrechen ließ. Dann hatte ich ja Gott sei Dank nichts damit zu tun. Sie tat mir unsagbar leid, aber es wäre vollkommen egal gewesen, ob ich mit ihr darüber geredet hätte. Wir konnten uns nicht ausstehen und dies war ganz bestimmt nicht der passende Moment, um Freundschaft zu schließen. Außerdem hätte ich ihr gegenüber, um eine wirkliche Freundschaft aufbauen zu können, komplett über mich auspacken müssen, denn nur so hätte ich auch mit ihr offen über alles reden können und sie schien mir nicht sehr vertrauenswürdig zu sein. Ich senkte den Blick und ging auf mein Zimmer, wo ich über ihre Worte nachdachte. Emma war der Auffassung, dass ich da nicht mitreden konnte und vielleicht stimmte das auch, doch ich begriff, dass mir das Gleiche hätte geschehen können. Ich musste noch mehr Angst haben als andere Mädchen, die einen Freund hatten, denn erstens hatte ich Sergej bisher immer vertröstet und zweitens wäre es denkbar gewesen, dass er sich nach einer Weile bewusst geworden wäre, dass eine Beziehung zu einer, sagen wir mal speziellen Frau, nicht das Richtige war. Ich stand tausend Ängste aus, aber ich konnte mit niemandem darüber reden, denn es war mir höchst unangenehm, darüber zu sprechen. Ich wollte nicht, dass andere von meiner Angst erfuhren und beschloss, wieder einmal alleine damit fertig zu werden. Die einzige Möglichkeit, dem Grübeln ein Ende zu bereiten war, über meinen Schatten zu springen und mit ihm zu schlafen und selbst dann konnte ich nicht sicher sein, dass er es sich nicht doch noch anders überlegen würde, aber zumindest brachte es mir etwas mehr Gewissheit. Ich war fest entschlossen, diesen für mich unsagbar schweren Schritt zu wagen, sobald ich wieder zurück in Seeleben war.

KAPITEL 10

Frühlingsnebel und Vollmond – ein
Liebesmärchen eben!

Ein wohltuender Frühlingsduft zog durch das
offene Badezimmerfenster. Für einen Moment
lang schloss ich meine Augen, um ihn ganz zu
genießen. Es war, als hätte er mich in das
schönste Kleid gehüllt, welches dabei so
anschmiegsam auf der Haut lag, dass es sich
anfühlte, als trüge es mich direkt in den
Himmel. Als ich die Augen wieder aufschlug
und in den Spiegel sah, war ich voll neuer
Energie. Für mich war der Frühling die
schönste Jahreszeit von allen. Ich liebte es, die
ersten warmen Sonnenstrahlen auf meiner
Haut zu spüren und den Wind, der sanft in
meinen Haaren spielte. Doch holte mich ein
kurzer Blick auf mein Handy in die Realität
zurück:

Sergej um 17:33 Uhr

Ich bin gleich bei dir. Nicht weglaufen! ;)

Gott sei Dank hatte er mir diese SMS geschrieben, sonst hätte ich wahrscheinlich noch unangezogen und in voller Blöße so dagestanden, wenn er an meiner Tür geklingelt hätte. Fertig geschminkt war ich bereits, es fehlte nur noch die passende Kleidung, aber was zog man bei solchen Gelegenheiten an? Immerhin sollte sich an diesem Abend alles entscheiden und ich erhoffte mir, endlich die heißersehnten Antworten auf tausend Fragen zu erhalten. Es war nicht so wie bei anderen Mädchen. Sicher hat jede Bammel vor ihrem „ersten Mal". Ebenso sicher malte sich jede vorher aus, wie es ablaufen könnte, aber ich tat es nicht nur, weil ich mich sehnte, meine Beziehung zu Sergej zu vertiefen. Ich wollte endlich wissen, ob er mich „ganz" lieben konnte. Gut, wir haben nicht direkt darüber gesprochen, ob es an diesem Abend dazu kommen könnte und er hatte im Vorhinein auch keinerlei Anmerkungen darüber gemacht, nur war ich eben auch nicht naiv. Meine Eltern waren übers Wochenende verreist und er wollte bei mir übernachten. Also, was gab es daran schon zu deuten? Es war doch klar, dass er den Versuch unternehmen würde, mir „näher" zu kommen und wenn ich ganz ehrlich war, wollte ich auch, dass er es versuchte.

Eine schwarze Feinstrumpfhose, ein dunkelblaues kurzes Kleid, dass sehr modisch geschnitten und an der Seite mit silbernen Knöpfen verziert war. Dazu einen schwarzen Blazer und silberne

Kreolen – ich war nun bereit, der Abend konnte beginnen. Noch während ich die Strumpfhose zurechtrückte, klingelte es an der Tür. Bevor ich die Tür öffnete, holte ich noch einmal tief Luft, dann drückte ich die Klinke hinunter und versuchte, ihn so gelassen wie möglich zu begrüßen. Lachend standen wir uns gegenüber.

„Seit wann kommst du pünktlich zu unseren Verabredungen?"

„Na, ja ... ich dachte, ich lasse dich lieber nicht so lange alleine, bevor du dir noch vor Angst in die Hose machst. Davon abgesehen, bist du auch nicht gerade die Pünktlichste."

„Ja, weil ich immer einen Grund habe, zu spät zu kommen. Irgendwas kommt ..."

„Vergiss es einfach! Willst du mich hier draußen stehen lassen oder bittest du mich heute noch rein?"

Ohne meine Antwort abzuwarten, huschte er an mir vorbei, drückte mir fest einen Kuss auf den Mund und bleib stehen, um mir zuzuzwinkern. Jedes Mal, wenn er das tat, hätte ich schmelzen können wie kalte Butter in der Mikrowelle. Allein schon sein Lächeln, seine schneeweißen, etwas schiefen Zähne, einfach alles an ihm schien perfekt zu sein.

„Ihr habt ein ziemlich großes Haus. Haben das deine Eltern selbst gebaut, oder haben sie es bauen lassen?"

„Na, sagen wir mal, sie haben es selbst umgebaut, man erkennt aber nicht mehr, dass es früher ein Duschgebäude mit Melkstand war."

„Was bitte?"

„Ja, wirklich! Ungefähr ein Drittel des Hauses stand früher leer, jetzt wird daraus meine eigene kleine Wohnung."

„Im Ernst? Das hast du mir nie erzählt. Wozu bekommst du deine eigene Wohnung? Wollen dich deine Eltern loswerden, oder hast du dich mit ihnen verkracht?", scherzte er.

Ich überging die Frage, indem ich ihm ein Glas Wasser anbot. Mit seiner Vermutung war er auf dem richtigen Weg. Das Versteckspiel war zu einem wahren Doppelleben mutiert und damit mein Vater nicht Wind von meiner Situation bekam, hatte meine Mutter die fixe Idee von der eigenen Wohnung entwickelt. Sie hoffte, dass es dann leichter werden würde. Nur – für wen wollte sie es leichter machen? Mir, indem ich etwas mehr Freiraum bekam, oder sich selbst, indem sie keine Angst mehr haben musste, dass mein Vater hinter den ganzen Spuk kam? Egal! Diesen Abend wollte ich mir nicht den Kopf darüber zerbrechen.

Ich stand angelehnt am Fenstersims in meinem Zimmer und Sergej sah mir zufrieden in die Augen.

„Habe ich dir schon gesagt, wie auffallend schön du bist – ganz besonders heute?"

„Nicht so direkt, aber danke für das Kompliment, du Schleimer."

„Das ist die Wahrheit!"

„Ja, natürlich!"

„Hast du schon irgendwas geplant für heute Abend?"

Also, bitte, was habe ich gesagt? Das war ja mal zu hundert Prozent eine deutlich Anmerkung, die mir sagen sollte: „Stell dich schon mal auf heute Abend ein, Schätzchen." Warum dachten Jungs eigentlich immer, wir Mädchen wüssten nicht, worauf sie hinauswollen?

„Ach, weißt du, ich hatte noch keine Gelegenheit, *darüber* nachzudenken", log ich.

„Worüber?"

„Na, DARÜBER!"

„Du lädst mich zu dir ein und weißt nicht einmal, welchen Film wir gucken, oder ob wir ausgehen wollen?"

„Sergej, das ist ... Äh, wie welchen Film?"

„Davon rede ich doch die ganze Zeit. Unserer erste gemeinsame Nacht würde ich liebend gerne mit dir alleine verbringen. Sonst sind wir immer mit Freunden unterwegs, dieses Mal habe ich dich ganz für mich allein", erklärte er.

„Wir haben doch schon viele Abende miteinander verbracht."

„Ja, aber sonst haust du immer ab, wenn es ernst wird."

„Wovon redest du denn jetzt schon wieder?"

Sergej lachte laut auf und hob die Augenbrauen. Scheinbar fand er Gefallen daran, mich zu verwirren.

„Ich rede davon, dass du noch nie bei mir übernachtet hast, oder ich bei dir. Noch nie haben wir zusammen in einem Bett geschlafen. Es wird also morgen das erste Mal sein, dass wir nebeneinander im selben Bett aufwachen."

Was bildete er sich eigentlich ein? Schön, ich hatte vor, am nächsten Morgen neben ihm aufzuwachen, aber theoretisch hätte ich ihn ja auch auf dem Sofa schlafen lassen können. Was machte ihn bei alldem so sicher? Irgendwie kotzte es mich an, dass er so was für selbstverständlich nahm. Selbstherrlich drehte ich ihm den Rücken zu und sah hinaus aus dem Fenster, dabei sah ich, wie die Sonne hinter den Bäumen verschwand und das

Abendrot der Sonne die Welt in rosa- und orangefarbene Töne tauchte.

„Freu dich nicht zu früh, vielleicht quartiere ich dich auch einfach aus. Mein Hund hätte noch einen Platz in seiner Hütte frei und im Hühnerstall gibt es bestimmt auch das ein oder andere Nest, das sich als Nachtlager für dich finden lässt."

„Klingt verlockend, es ist dann genauso, als würde ich neben dir schlafen."

Ich ignorierte diese freche und vorlaute Bemerkung. Was ich ihm wirklich lassen musste, war, dass er immer wusste, wie er mir Konter geben konnte.

Seine Hand lag auf meinem Knie und der Film neigte sich dem Ende entgegen. Ich habe ihm das nie gesagt, aber jede seiner Berührungen ließ mir das Blut in meinem tiefsten Innern gefrieren. Als wäre ich vom Blitz getroffen worden. In diesem Moment aber kreisten meine Gedanken ständig darum, was nach dem Film passieren würde.

„Ich dachte, du magst Horrorfilme. Du hast kaum hingesehen, kanntest du ihn schon?"

„Wieso, ich habe doch hingesehen!"

Sergej schaltete den Fernseher aus. Nun saßen wir also beider auf meine Couch, das Zimmer schwach von einem kleinen Teelicht erleuchtet und um uns herum große Stille. Stille kann manchmal vernichtender sein als ein Überfall. Es hätte nur noch das Summen der Grillen gefehlt, dann wäre es die perfekte Komödie gewesen. Schließlich nahm er mein Gesicht in seine Hände und küsste es. Dabei ließ ich mich vorsichtig nach hinten gleiten und dachte mir: „Tja, dann ist es wohl soweit." Doch dann wandte er sich schlagartig von mir ab. Ich wusste es doch! Hatte ich nicht von Anfang an gesagt, dass es Probleme geben würde? Innerlich bereitete ich mich darauf vor, jeden Moment abserviert zu werden, Sergej aber sah mich mit seinem liebevollen und ehrlichen Blick an. Behutsam versuchte er, mir meine Angst zu nehmen. Er spürte, dass ich angespannt war und dass seine plötzliche Abwendung mir nur noch größere Sorgen bereitete.

„Pass auf ... du ... du musst das nicht tun. Ich würde das verstehen, wenn du Angst hast. Wir können uns auch einfach hier hinlegen und uns unterhalten. Wir machen einfach, worauf du Bock hast, in Ordnung?"

Nein, gar nichts war in Ordnung. Wollte er wirklich auf mich warten, bis ich bereit war, oder konnte er es ganz einfach nicht tun, weil da eine zu große Hürde zu überwinden war. Ich glaubte nicht wirklich, dass er sich vollkommen bewusst war, worauf er sich einließ.

„Was würdest du davon halten, wenn wir nach draußen gingen? Es ist eine so schöne Frühlingsnacht und unser See ist wirklich ganz besonders schön im Mondlicht."

„Alles, was du willst. Wenn du dann wieder glücklich bist und mir ein Lächeln schenkst."

Es war eine traumhaft schöne Nacht. Ein wenig kam ich mir so vor, als hätte ich die Hauptrolle in einem wundersamen Liebesmärchen. Draußen hatte ein dünner Nebelschleier den Boden sanft zugedeckt. Der Vollmond schien hell durch die Äste und Zweige der Bäume, die rings um den kleinen See standen, und spiegelte sich auf der Wasseroberfläche wieder. Ich wartete darauf, dass eine romantische Melodie erklingen würde, so wie es im Märchen üblich war.

„Als ich noch ein kleines Mädchen war, bin ich oft hierher gekommen und habe mich auf den Steg gelegt."

„Und was hast du dann getan?"

„Gar nichts!"

„Gar nichts?", fragte er verblüfft.

„Ja, du hast mich schon richtig verstanden. Früher habe ich mich oft auf den Steg gelegt und die Stille der Natur genossen. Es gibt für mich keinen schöneren Ort als diesen. Klingt fast etwas melancholisch, nicht wahr?"

„Nein, melancholisch würde ich das nicht nennen. Ich muss doch immer wieder über dich staunen. Im einen Moment bist du die kleine Kratzbürste und gibst dich so, als würdest du nichts an dich heranlassen und auf der anderen Seite ist dort dieses kleine verletzliche, sensible Mädchen, das für sein Alter so unglaublich reif und realistisch ist."

Wie bitte? Kleines sensibles Mädchen? Ich glaubte nicht, dass ich bei irgendwelchen Menschen diesen Endruck hinterließ, auch wenn er damit recht hatte. Womöglich kannte er mich schon zu gut.

Ich setzte mich auf den Steg und ließ die Beine hinunterbaumeln. Während Sergej sich neben mich setzte, machte er eine typische Bemerkung:

„Du frierst ja. Warum hast du dir keine Jacke mitgenommen?"

Jetzt erwartete er vermutlich, dass ich mich an ihn ankuschelte, um mich zu „wärmen".

„Nein, mir ist nicht kalt – wirklich nicht!"

Ich zitterte tatsächlich ein wenig, was weniger an der Temperatur als an meiner Aufregung lag. Ich wusste nicht, ob *es* vielleicht gleich passieren würde. Insgeheim hoffte ich aber, er würde mich jeden Moment berühren. Ich blickte auf das Wasser und bemerkte, wie er seine Hand um meine Schultern legte.

„Ist es jetzt besser?"

„Sergej!" lachte ich, „Ich sagte doch, mir ist nicht kalt!"

„Ich meinte, ob du dich jetzt besser fühlst?"

„Fühlte ich mich denn schlecht?"

„Drinnen warst du so verkrampft. Hör zu, ich will nicht, dass du von mir denkst, ich würde dich zu irgendwas zwingen wollen."

„Nein, denke ich nicht, das hast du völlig falsch verstanden. Es ist bloß, ich hab noch nie ... was ich eigentlich sagen will, ist, dass ich noch nie ..."

„Ich weiß! Das musst du mir nicht sagen. Ich bin nicht komplett bescheuert!", unterbrach er mich. Natürlich war mir klar, dass er nicht ganz begriffen hatte, wie genau ich das gemeint hatte, aber ich riss mich zusammen und beschloss, mich zu entspannen. Sanft ließ ich mich auf den harten Holzboden des Stegs gleiten, schloss meine Augen und öffnete sie erst wieder, als Sergej mir einen leidenschaftlichen Kuss gab. Meine Ängste können ebenso gut unangebracht wie berechtigt sein. Was hatte ich denn schon zu verlieren? Wenn es jetzt passieren sollte, dann musste ich es einfach geschehen lassen. Langsam glitt er mit seiner Hand an meinen Nacken, dann öffnete er den Reißverschluss meines Kleides, doch bevor er es mir auszog, drückte er seine Hand fest in seine, erst danach ging er mit der anderen Hand unter mein Kleid und zog es mir langsam über den Kopf. Zärtlich berührte er meinen Hals und glitt dann mit seiner starken Hand hinunter bis zu meinem Bauchnabel. Da ich schon immer sehr kitzlig war, musste ich mich wirklich zusammenreißen, nicht zu lachen, was in mir ein noch größeres Lustgefühl auslöste.

„Du zitterst, dir ist doch kalt", flüsterte er, als ob uns jemand hätte hören können.

Ich zog ihm sein schwarzes, eng anliegende T-Shirt aus. Jede einzelne Stelle seines Körpers war muskulös und vollkommen durchtrainiert. Oh, Gott, er fühlte sich so unheimlich gut an. Sergej streifte meine und sich selbst die restlichen Kleider ab. Als ich sein steifes Glied sah, hatte ich die Befürchtung, dass er mir damit weh tun konnte. Dass sein Penis groß war, wusste ich ja, er hatte schon des Öfteren eine Erektion bekommen, wenn ich neben ihm auf seinem Sofa lag und man kdie Beule deutlich erkennen konnte.

Sergej legte sich auf mich und drang in mich ein, dabei hielt er die ganze Zeit über meine Hand. Ich wusste nicht, wie lange wir dort lagen, aber es fühlte sich wie eine Ewigkeit an, eine Ewigkeit, die ich in vollen Zügen genoss.

KAPITEL 11

Meer und Sommernachtsträume

Tagebucheintrag vom 30. Juli

Meine Flucht war zufriedenstellend. Ich bin überglücklich, dass ich Pia habe. Es war die richtige Entscheidung, mit ihr darüber zu sprechen. Obwohl sie nur meine Halbschwester ist, ist sie wohl die, die am meisten hinter mir steht. Ohne sie wäre ich niemals auf die Idee gekommen, in Rock und Stiefeln in eine Disco zu gehen, aber wer sollte mich da schon erkennen? Sie meint, die Wahrscheinlichkeit sei eher gering. Gesehen hat mich zum Glück niemand – hoffe ich!

Es war eine kleine, aber gemütliche Pension, die er extra für diese eine Woche gemietet hatte. Das gesamte Ferienhaus war mit Eichenholz verkleidet und vor dem Eingang befand sich eine Veranda. Wenn man durch die Tür ging, betrat man als erstes das Wohnzimmer, das an eine offene Küche angrenzte. Von dort aus führte eine Treppe direkt in das geräumige Schlafzimmer, wo direkt vor dem Fenster ein riesiges Bett stand, sogar das Meer konnte man durchs Fenster sehen. Alles in allem war es ein ruhiges, beinahe schon verschlafenes kleines Örtchen. An der Westseite des Schlafzimmers befand sich eine Tür. Man brauchte sie nur zu öffnen und schon stand man inmitten eines luxuriösen Badezimmers. Sofort fiel mein Blick auf die übergroße Badewanne, die beleuchtbar war. Alles, was recht war, aber diese Überraschung war ihm gelungen. Als Sergej sagte: „Komm packe deine Sachen, wir fahren in unseren ersten gemeinsamen Kurzurlaub", hätte ich niemals mit einem kleinen Holzhaus am Nordseestrand gerechnet. In ihm steckte scheinbar ein unentdeckter Romantiker.

„Gefällt es dir?"
„Ob es mir gefällt? Ich finde es einfach perfekt!"

„Wenn das Wasser jetzt auch noch die richtige Temperatur hat, steht unserem Erholungstrip nichts mehr im Wege."

„Du kannst gerne ins Wasser gehen. Ich bleibe am Ufer sitzen und schaue dir zu."

„Sag jetzt nicht, du kannst nicht schwimmen."

„Doch, klar, sogar ganz gut, möchte ich behaupten, nur fürchte ich mich vor tiefem Wasser."

„Das ist ja ganz was Neues, du hast vor etwas Angst?"

„Jeder hat vor irgendetwas Angst!", knurrte ich entnervt.

„Du hast die Ostsee quasi vor der Haustür und machst dir wegen ein bisschen Wasser ins Höschen? Verrückt!"

„Tja, so ist das! Außerdem mache ich mir nicht wegen des Wassers in die Hosen, sondern des Meeres wegen."

„Wovor hast du noch Angst?

„Vor Schlangen zum Beispiel. Ich schnappe jedes Mal nach Luft, wenn ich die Viecher im Fernsehen sehe. Im Zoo konnte ich einmal eine Königspython sehen, die hinter einer Glasscheibe lag, da bin ich voll aus den Latschen gekippt. Ein Aal ist für mich genau so eine Schlange, also möchte ich gar nicht wissen, was passiert, wenn ich im Wasser damit Bekanntschaft machen müsste."

„Hast du auch vor Regenwürmern Angst?",
lachte er mich aus.

„Nein, du Penner!", konterte ich.

„Also, gehst du nicht ins Wasser, weil du
Angst vor Aalen hast?"

„Ich habe einfach Angst vor offenem Meer und
jetzt möchte ich nichts mehr darüber hören!"

„Ich gehe jedenfalls jetzt schwimmen."

Wir liefen einen kleinen Hügel hinunter und
kamen schließlich ans Ufer. Sergej zog sich bis
auf die Unterhose aus und rannte geradewegs
ins Wasser. Ich für mein Teil beschloss, mich
der Literatur zu widmen. In den wärmenden
Strahlen der Abendsonne las ich Shakespeares
Sommernachtstraum und verlor die Zeit dabei
völlig aus den Augen. Am Horizont berührte
die Sonne bereits das Meer, als Sergej aus dem
Wasser kam. Im Glanz der untergehenden
Sonne funkelte das Salzwasser an seinem
Körper wie eine goldene Kristallschicht und an
seinen dunklen Haaren liefen ihm einige
Tropfen herunter.

„Bist du dir ganz sicher, dass du nicht ins
Wasser gehen willst?"

Ich hatte nicht vor, auf diese überflüssige
Frage zu antworten, immerhin habe ich mich
deutlich genug ausgedrückt. Sergej blickte zu
mir herunter:

„Scheinbar ist dein Buch viel interessanter als ich. Liest du das für die Schule?"

„Sergej, ich habe Ferien und wenn du es genau wissen willst, im Moment ist es interessanter", erklärte ich mit einem Grinsen im Gesicht.

„Wenn ihr Ferien habt, wozu liest du es dann? Behandelt ihr Shakespeare nicht in der Schule?"

„Doch, sicher behandeln wir Shakespeare in der Schule. Warum muss das heißen, dass ich seine Werke nicht auch in meiner Freizeit lesen kann?"

„Ich wusste bis eben gar nicht, dass du dich für die Klassiker der Literatur interessierst. Worüber schreibt er denn? Muss was Schönes sein, wenn du so vertieft bist."

„Oh, ja! Das ist es auch! Sein einziges Werk, das ein gutes Ende hat, zumindest das einzige, was ich kenne."

Sergej setzte sich auf seinem Handtuch neben mich und versuchte scheinbar, mitzulesen. Allerdings gelang ihm das nicht so recht. Man durfte nicht vergessen, dass Deutsch nicht seine Muttersprache war.

„Mal ehrlich, Sergej. Hast du noch nie ein Buch gelesen?"

„Doch schon, aber eher Fachbücher. So was zu lesen, würde mir nicht im Traum einfallen. Warum liest du mir nicht etwas vor?"

Ich lehnte meinen Kopf an seinen Bauch und begann, ihm den zweiten und dritten Akt der Komödie. vorzulesen. Als auch die letzten Sonnenstrahlen hinter dem Horizont verschwunden waren und die Dunkelheit hereingebrochen war, klappte ich es zu und meinte zu ihm:

„Ohne Licht kann ich nicht weiterlesen. Du bist also erlöst."

„Wieso erlöst? Ehrlich, ich finde die Story gar nicht schlecht. Bloß versteh ich nicht, warum diese ... Helena heißt sie, oder? Ich verstehe nicht, warum Helena nicht einfach glücklich darüber ist, dass sich Demetrius doch noch in sie verliebt hat."

„Das liegt doch auf der Hand. Immerhin hat er vorher von ihr überhaupt keine Notiz genommen, er hat sie sogar verspottet und wollte sie um jeden Preis loswerden. Manchmal ist es schwer, der Wahrheit Glauben zu schenken, wenn man vorher immer nur Enttäuschung und Missachtung erfahren durfte. Um es mit deinen Worten zu sagen, sie fühlt sich verarscht."

„Klingt für mich so, als würdest du ganz genau wissen, was Helena fühlt."

Oh, Mann! Er war so ein Blitzmerker – Wahnsinn! Sicher konnte ich mich in ihre Lage hineinversetzen, aber wenn er glaubte, dass ich das vor so einfach ihm zugeben würde, lag er gehörig daneben.

„Du solltest dir nicht immer die Dreistigkeit herausnehmen, mich zu analysieren. Glaube mir, das gelingt dir nicht!"

„Ich glaube aber doch. Du brauchst jedenfalls keine Angst zu haben. Ab jetzt hast du mich und meine Gefühle dir gegenüber sind genauso echt wie die von Demetrius für Helena."

„Aber Demetrius wurde von Amors Blume verzaubert, andernfalls hätte er sich nicht in Helena verliebt."

„Ist doch egal, warum er sie liebt, so lange seine Gefühle aufrichtig sind. Habe ich dir schon gesagt, dass ich ... äh, dass ich dich liebe, also was ich meine, ist, ich liebe dich!"

Ich liebe dich – diese Worte rissen mir glatt den Sandboden unter den Füßen weg. Immer und immer wieder spulte ich seine Worte in meinem Kopf ab.

„Ach, das sagst du mir mal so ganz nebenbei?"

„Ich kann schlecht über solche Dinge reden. Du bist die erste, die das von mir zu hören bekommt."

„Ja, sicher!", entgegnete ich ihm zynisch.

„Ich will ehrlich zu dir sein. Als ich dich kennengelernt habe und Natascha mir von deiner Vorgeschichte erzählte, fand ich es anfangs interessant und aufregend, dass dann mehr daraus wurde, war nicht geplant, es ist einfach so geschehen. Der Grund, weshalb ich mich ..."

„Kein Wort mehr!", sprach ich und legte ihm meinen Zeigefinger auf dem Mund. Ich holte eine Zigarette aus meiner Handtasche und zündete sie an, als ich sie aufgeraucht hatte, sah er mir noch einmal tief in die Augen. Sah ich richtig? Hatte er Tränen in den Augen? Vielleicht bildete ich mir das ja auch nur ein, aber ich glaubte wirklich, eine Träne in seinem Gesicht zu erkennen. Sergej mochte es nicht, wenn jemand seine weiche Seite kannte. Was das betraf, war er wie ich. In der ganzen Zeit, in der wir zusammen waren, habe ich ihn nicht einmal weinen sehen. Das tat er nur, wenn er dachte, es würde keiner mitkriegen. Langsam strich ich ihm übers Gesicht und küsste ihn. An diesem Abend liebten wir uns leidenschaftlich am Ufer des Meeres. In gewisser Weise konnte man das Ironie des Schicksals nennen, denn es war verblüffend, wie diese Situation meinen Lebensalltag widerspiegelte. Am Strand lagen Sergej und ich, die miteinander schliefen und sich liebten und nur wenige Meter entfernt das dunkle Meer, vor dem ich so große Furcht hatte.

KAPITEL 12

„Wandertag"

Ein Blick auf die Uhr. Die Zeiger schienen sich immer langsamer zu bewegen. Es waren erst drei Minuten vergangen, seitdem ich den letzten Blick riskiert hatte. Ich senkte meinen Kopf nach unten und sah wie versteinert auf das Heft vor mir. Die Stimme meiner Lehrerin rauschte an mir vorbei. Nichts von alledem, was sie sagte, drang zu meinen Ohren. Mit dem Füllfederhalter in der rechten Hand drückte ich beide Hände fest zusammen und auf meiner Stirn perlte der Schweiß. Ich hätte jede Sekunde anfangen können, in Tränen auszubrechen, aber ich konnte mich mit viel Mühe beherrschen. Für gewöhnlich half es, wenn ich einige Schritte hin und her lief, aber diese Option gab es jetzt nicht. Was hätten die anderen wohl gedacht, wenn ich einfach aufgestanden und durch den Mathematikraum stolziert wäre? Ganz zu schweigen von dem Ärger, den mir das mit meiner Lehrerin bereitet hätte. Ich war in diesem Moment alles andere als auf Krawall gebürstet. Dennoch – irgendwas musste ich tun. Es verblieben noch dreißig Minuten und erst dann würde es zu Pause klingeln. Ich konnte ganz deutlich fühlen, wie der Schweiß auf meiner Stirn die Schminke in meinem Gesicht verwüstete, während er an mir hinuntertropfte. Mir war nicht gewiss, ob der plötzliche Schweißausbruch auf den Druck in meinem Bauch oder auf die Peinlichkeit, die ich in diesem Moment fühlte, zurückzuführen war. Sicher ist es keine Schande, Schmerzen zu verspüren, aber es war mir unangenehm, dass andere dies vielleicht mitbekamen. Oh, bitte! Wenn es einen Gott gab, sollte er irgendetwas geschehen lassen, damit ich aufstehen und herumlaufen konnte konnte – ganz egal was. Der scheinbar rettende Gedanke überkam mich in selben Moment.

„Frau Nowak, entschuldigen Sie bitte, dass ich Sie unterbreche, aber mir ist übel. Darf ich bitte zur Toilette gehen?", jammerte ich.

Es war äußerst ungewöhnlich, aber sie lenkte ein. Normalerweise war es Schülern strengstens untersagt, während der

Unterrichtsstunden auf die Toilette zu gehen, denn unsere Schulleitung vertrat die Ansicht, dass man sein Geschäft in der großen Pause verrichten konnte. Ja, es gab sogar Lehrer, die auch in Notfällen keine Ausnahme machten. Manchmal erschien mir unsere zurückgebliebene Kleinschule wie ein düsterer Kerker und mit dieser Meinung stand ich nicht alleine. Selbst Siena warf der Schule vor gar nicht allzu langer Zeit vor, sie wäre vor vierzig Jahren stehen geblieben. Im Großen und Ganzen musste ich ihr ausnahmsweise zustimmen, das war aber auch die einzige Sache, in der wir einer Meinung waren. Wir hatten unsere größten Differenzen zwar hinter uns gelassen, dennoch hätte ich jedes Mal, wenn sie den Mund aufmachte, Nadel und Faden nehmen können, damit sie ihn nie wieder aufbekam. Ihr ganze Art zu reden, ihre streberhafte Art, wie sie den Lehrern nach dem Mund redete, stellten meine nicht sehr hohe Toleranzgrenze auf die Probe.

Gerade wollte ich aufstehen und ich sah mich schon auf dem Schulklo hin und her laufen, doch da hatte ich wohl die Rechnung ohne Frau Nowak gemacht.

„Leon, ...", sagte sie verblüfft, „du bist ja kreidebleich. Ich würde sagen, das Beste wird es sein, wenn Frau Falk dich begleitet."

Nein! Warum? Als ob sie geahnt hätte, dass dies nur ein Vorwand von mir war. Selbst wenn sie mir helfen wollte, legte sie mir noch Steine in den Weg. Es war möglich, dass sie sich wirklich Sorgen um mich machte, aber ich konnte ja schlecht eine Wander-Party im Klo feiern, wenn Frau Falk neben mir stand und sich offenbar fragen würde, ob sie den Notarzt oder gleich in der Irrenanstalt oder vielleicht sogar den Exorzisten anrufen sollte. Warum musste sie ausgerechnet heute in unserem Mathematikunterricht hospitieren? Außerdem war ich mir sicher, wenn ich mich wirklich hätte übergeben müssen, wäre ich lieber alleine gewesen – ohne jede Begleitung, die meine Hand halten musste.

„Selbstverständlich! Ich begleite ihn – gar keine Frage. So kann ich unverzüglich eingreifen, wenn es zu Komplikationen kommt", meinte Frau Falk selbstbewusst.

Komplikationen? Oh, mein Gott! Das hörte sich an, als würde mein Arzt eine Diagnose stellen. Ich erhob mich und verließ Seite an Seite mit Frau Falk den Raum. Als wir die Treppe hinunter gingen, fragte sie mich, ob alles in Ordnung sei und um ganz ehrlich zu sein, wurden meine Schmerzen durch das Heruntergetapse der Treppen nur noch verstärkt. Ich sah uns schon zusammen in einer Klokabine stehen, sie würde mir meine schwarzen Haare aus dem Gesicht halten, während ich so tat, als müsse ich erbrechen, doch meinen Erwartungen entgegengesetzt stand rettenderweise Frau Gaiger vor dem Eingang zur Jungentoilette. Hier verabschiedete sich Frau Falk von mir, um sich einer Plauderei mit Frau Gaiger hinzugeben. Das war die Gelegenheit. Ich war alleine auf der Toilette. So hatte das Verbot, während des Unterrichts auf die Toilette zu gehen, an diesem Tag wenigstens einen Vorteil für mich: keine Menschenseele außer mir war in dem Raum zu finden, also konnte ich bequem auf und ab laufen und das half tatsächlich ein bisschen. Um nicht gehört zu werden, zog ich die neutral aussehenden schwarz-weißen Turnschuhe aus. Nach ungefähr fünf Minuten begab ich mich auf den Flur, wo Frau Falk mich bereits wieder erwartete.

„Na, konntest du alles herauslassen?"

„Ja, es geht mir schon viel besser."

Es war nicht der Hauch einer Besserung zu spüren. Vor Schmerzen benommen saß ich wieder auf meinem Fensterplatz in der zweiten Reihe im Mathematikraum.

Die schrillklingende Schulglocke ertönte. Nur flüchtig verabschiedete ich mich von Rebecca und Miriam, denn ich hatte es sehr eilig.

Einerseits konnte ich es kaum abwarten, nach Hause zu kommen, um mir unzählige Schmerztabletten in den Kopf zu schmeißen, die im Gegensatz zum Hinunterlaufen immer halfen, und andererseits wusste ich schon, wer draußen auf dem Parkplatz auf mich wartete.

Ich stürmte die Treppen hinunter nach draußen und kaum war ich um den Giebel herumgelaufen, konnte ich seinen BMW ganz deutlich sehen, also rannte ich weiter, bis ich neben ihn stand.

„Na, mein Schatz! Jetzt hast du jetzt endlich Wochenende."

„Ja, mein wohlverdientes Wochenende!"

Ich sah, wie er mir näher kam und wahrscheinlich hätte er mir jeden Moment einen Kuss auf den Mund gedrückt, um mich herzlich zu begrüßen. Es tat mir mindestens genauso weh wie ihm, dass ich mich um einige Schritte entfernte, aber schließlich wusste er, dass das eben nicht ging, schon gar nicht hier – ausgerechnet hier, wo mich jeder kannte.

„Verzeih mir bitte! Ich vergesse jedes Mal, dass ich das bei dir in der Öffentlichkeit nicht darf", stammelte er, dann räusperte er sich und sagte übertrieben laut:

„So, "Digger" dann lass uns mal los."

Auch wenn er dies tat, um mich in einem besseren Licht dastehen zu lassen, aber der Wortlaut „Digger" hörte sich unterbelichtet und einer Frau gegenüber unangebracht an, aber was sollte er auch anderes sagen? So sprachen Jungs nun mal miteinander. Sergej war ganz bestimmt nicht unterbelichtet. Nein, ganz und gar nicht! Er besaß sogar ein sehr hohes Maß an Bildung, aber wenn es um Konversation ging, war er wie alle anderen Männer auch – primitiv. Ich riss die Beifahrertür seines Wagens auf und setzte mich hinein. Immer noch schnaufend vom schnellen Heranlaufen sah ich in den Rückspiegel, um nachzusehen, ob mein Make-up noch gut genug aussah. Sergej setzte sich neben mich auf den Fahrersitz.

„Bist du bereit, heute Abend auf eine Party zu gehen?"

Welche Party? Ich konnte mich nicht daran erinnern, irgendwas mit ihm abgesprochen zu haben.

„Wovon sprichst du? Ich weiß nichts von einer Party und ehrlich gesagt bin ich heute nicht in der richtigen Stimmung dazu."

„Meine Schwester feiert heute ihren dreißigsten Geburtstag und sie hat dich und mich dazu eingeladen."

„Deine Schwester? Das weißt du doch bestimmt nicht erst seit heute. Warum hast du mir nicht gesagt? Ich hätte ..."

Sergej unterbrach mein Reden.

„Was hättest du? Mich vertröstet? Mir gesagt, du wärst noch nicht soweit? So läuft es doch immer, wenn ich dich meiner Familie vorstellen möchte. Jedes Mal hast du eine Ausrede, also muss ich dich leider vor vollendete Tatsachen stellen", drückte er sich sehr unmissverständlich aus.

Na toll – dachte ich! Er hatte ja irgendwie auch recht. Ich erfand immer Ausreden, um nicht auf seine Familie stoßen zu müssen. Das hieß nicht, dass ich sie nicht kennenlernen wollte, aber ich hatte Angst, dass mich jemand erkennen und verraten würde, oder schlimmer noch: Was wäre gewesen, wenn sie etwas bemerkten? Bisher war ich so einer Situation noch nie ausgesetzt gewesen. Auch wenn alle, die mich nicht kannten annahmen, ich sei schon immer ein Mädchen gewesen, fürchtete ich mich davor, dass ich vielleicht doch irgendwann einmal auffliegen könnte – aus welchem Grund auch immer. Wahrscheinlich hätte Sergej es verstanden und er wäre alleine auf die Geburtstagsfeier seiner Schwester gegangen, aber diese Blöße wollte ich mir vor ihm einfach nicht geben. Das alles waren Dinge, über die ich mit niemandem sprach und die ich stets in mich hineinfraß. Ich versuchte also mein gespieltes Selbstbewusstsein so überzeugt wie nur irgend möglich rüber zu bringen und erwiderte: „Nein, ich hätte mich besser darauf vorbereiten können. Jetzt habe ich weder die passenden Klamotten, noch ...“

„Ich weiß, ich weiß. Darum fahre ich dich jetzt nach Hause und hole dich um siebzehn Uhr wieder ab. Reicht dir die Zeit?“, fiel er ein.

Ob mir die Zeit reichte oder nicht, war die falsche Frage. Die richtige Frage hätten lauten müssen: „Warum zum Teufel ließ ich mir das alles gefallen?“

Doch die Antwort darauf war weit entfernt von unlösbar, ich liebte ihn nun einmal und in der Liebe muss man eben das ein oder andere Opfer bringen. Es geht nicht immer nur darum, was für einen selbst das Beste ist und ich war es ja gewohnt Rücksicht auf andere nehmen zu müssen. Einzig und allein aus Rücksicht auf die Nerven meiner Mutter brachte ich Sergej, wenn meine Eltern zu Hause waren, nicht mit. Sie hätte alles Menschenmögliche, um ihn ihre Abneigung spüren zu lassen, also konnte man sagen, ich habe es zum Teil auch aus Rücksicht auf Sergej und aus Rücksicht auf meine eigenen Nerven getan. Wobei meine Mutter selbstverständlich über meine Liaison mit ihm unterrichtet war. Zumindest hielt sie es für eine. Als Liebesbeziehung bezeichnete sie das Verhältnis zwischen Sergej und mir nie.

KAPITEL 13

Das schönste Geheimnis

Ein überaus großes Haus, das sich in einem abgelegenen Vorort von Rostock befand. Anfangs glaubte ich, dies sei ein Mehrfamilienhaus gewesen, aber als Sergej mir versicherte, das es sich hierbei um sein Elternhaus handelte, saß ich stumm auf dem Beifahrersitz seines Autos. Mir war klar, dass er aus guten Verhältnissen stammte, aber dieses bemerkenswert pompöse Anwesen ließ für mich auf viel mehr zurückschließen. Es schien so, als würde ich ihn gar nicht richtig kennen, denn ich hatte die ganze Zeit über nicht einmal erahnen können, in welch einem wohlhabenden Umfeld er scheinbar aufgewachsen war. Die Auffahrt war auf beiden Seiten mit großen, grünen Büschen verziert und der englische Rasen auf dem Vorhof sah aus, als hätte man ihn mit einer Nagelschere gestutzt. Am Ende der Auffahrt befand sich eine kleine grüne Insel, auf der ein Kastanienbaum stand und unter ihm eine Bank. Mir wurde ganz mulmig zumute. Auch ich kam aus nicht gerade ärmlichen Verhältnissen. Ich glaube, man konnte guten Gewissens sagen, dass es mir und meiner Familie an nichts fehlte, aber dieses Grundstück übertraf alles, was ich bisher gesehen hatte. Sergej öffnete mir die Autotür und reichte mir seinen Arm, damit ich in meinen hohen Schuhen nicht auf den Kieselsteinen, die sich auf dem hauseigenen Parkplatz befanden, ausrutschte oder umknickte.

„Sag mir bitte, dass das ein schlechter Witz ist, Sergej!"

„Nein!", entgegnete er verwundert, „Warum sollte ich Scherze machen?"

„Ich kenne sonst niemanden, der ihn so einem großen Haus lebt."

„Ich denke, meine Eltern werden sich sicher freuen, das zu hören. Das haben sie sich alles hart erarbeitet. Außerdem lebe nicht ich hier, sondern meine Eltern, das weißt du doch. Ich habe hier nur die letzten zwei Jahre, bevor ich ausgezogen bin, zugebracht, aber ich muss sagen, es macht mich stolz, dass ich dich damit beeindrucken konnte."

Beeindruckt war stark untertrieben, sprachlos traf es dann schon eher. Zugegeben, seine Eltern lebten in keinem Märchenschloss. Es war nicht unbedingt die Architektur des Hauses, die mich in Erstaunen versetzte, lediglich die Größe und das aufwendig gepflegte Grundstück hinterließen bei mir einen bis heute andauernden Eindruck. Ich hakte mich bei meinem Freund ein und wir betraten das kleine Atrium seines Elternhauses. Die Bezeichnung „Diele" wäre hier nicht angebracht, dafür war es dann doch zu groß. Selbstverständlich waren seine Eltern nicht übermäßig reich, ich würde sogar behaupten, dass meine Eltern über mehr Finanzen verfügten und in dem Haus gab es auch keine Dienstboten oder Stubenmädchen, obwohl man es beim Anblick dieses geräumigen Hauses durchaus erwartet hätte.

Die nächste Hürde war nun also das Zusammentreffen mit seinen Eltern, die uns schon sehnsüchtig draußen auf dem Hinterhof zwischen all ihren Gästen erwarteten.

„Ich glaube, wir sollten zuerst deiner Schwester gratulieren. Immerhin hat sie ja Geburtstag."

„Es gibt keinen Geburtstag. Der Geburtstag meiner Schwester ist erst nächstes Jahr im Februar."

„Ach, ja? Kannst du mir dann mal verraten, was ich hier eigentlich tue?"

„Meine Tante ist mit ihren Töchtern aus Omsk zu Besuch gekommen. Meine Mutter und sie haben sich zehn Jahre nicht gesehen und darum feiern sie heute ein großes Wiedersehen. Ich wusste von Anfang an, dass du nicht mitgekommen wärst, wenn ich dir vorher auch nur ein Wort darüber verraten hätte."

Mit offenem Mund schnappte ich nach Luft. Ich hatte mich tatsächlich von ihm hinters Licht führen lassen. Alles was recht war, aber das war schon ein starkes Stück. Er schaffte es immer wieder, mich als „kleines dummes Mädchen" dastehen zu lassen, dass sich von ihm an der Nase herumführen ließ. Allerdings war dies weder die Zeit noch der Ort, um ihm eine Szene zu machen. Ich musste mich zusammenreißen und Contenance bewahren. Entnervt hakte ich mich wieder bei ihm ein. Wir gingen die Treppen der Terrasse hinunter, bis wir schließlich vor seinen Eltern standen, die gerade in einem offenbar sehr unterhaltsamem Gespräch mit seiner Cousine waren. Hinter ihnen befand sich ein großzügig aufgebautes Buffet, an dem man sich selbst bedienen konnte. Ich versuchte, gelassen zu wirken, aber die Ängste in mir waren so groß, dass ich wie versteinert auf einer Stelle stehen blieb. Nun gab es kein Zurück mehr. Ich musste mich meiner Angst stellen. Am liebsten wäre ich weinend nach Hause zurückgelaufen, um mich dort unter meinem Bett zu verkriechen. Sergej stupste seine Mutter an der rechten Schulter an, dann drehte sie sich um und sagte euphorisch:

„Da seid ihr ja endlich! Wir haben schon alle auf euch gewartet."

Dann ging ihr Blick in meine Richtung:

„Du bist also Serjoshas mysteriöse Freundin?"

Ich reichte ihr meine Hand, um sie zu begrüßen, aber dann hatte sie auch schon ihre Hände um meinen Hals geworfen und begrüßte mich wie ein altes Familienmitglied.

„Ja, das ist sie", erklärte Sergej.

„Aber natürlich!", fiel sein Vater lachend ein, „Du hast uns schon so viel von ihr erzählt, dass wir sie schon besser kennen als du, mein Sohn."

„Die arme Kleine versteht vermutlich kein Wort von alldem, was wir hier reden. Das ist sehr unhöflich von uns", zischte seine Mutter.

„Doch, sie versteht unsere Sprache ganz genau! Sie möchte Übersetzerin werden. Ist doch so, oder, Leo?"

„Warum sprichst du immerzu für sie, lass sie doch selbst reden, wie es sich gehört. Also, ich bin Viktoria – Serjoshas Mutter. Unser Sohn hat uns schon viel über dich erzählt. Es freut mich, dass wir uns endlich kennenlernen."

Hätte man einen Moment lang inne gehalten, so hätte man das Plumpsen des Steines hören können, der in diesem Augenblick von meinem Herzen viel, denn der erste Schritt war überwunden und so konnte ich mich wieder einigermaßen fassen.

„Es freut mich ebenfalls! Danke, dass Sie mich eingeladen haben."

Der weitere Abend verlief ziemlich ruhig und ich verstand mich wirklich großartig mit Sergejs Verwandten. Es hätte mir nie träumen lassen, dass alles so reibungslos verlief, bis ich schließlich eine merkwürdige Entdeckung machte. Konnte das sein und wenn ja, was machte sie dann hier? Ich dachte immer, Sergej und Natascha kannten sich nur flüchtig, aber jetzt meinte ich, ihr Gesicht zwischen all den Leuten zu erkennen. Da gab keinen Zweifel, es handelte sich doch tatsächlich um Natascha, die sich gerade am Buffet bediente. Ich freute mich, ein bekanntes Gesicht zu sehen, obwohl ich mich gleichzeitig fragte, was sie hier tat. Als ich zu ihr hinüberging und sie mich erblickte, sah sie mich fragend an.

Scheinbar war ich die Letzte gewesen, die sie hier erwartet hatte. Erschrocken fragte sie mich, was ich hier tat und ich antwortete ihr verwundert:

„Die Eltern meines Freundes haben mich hierher eingeladen, um den Besuch seiner Tante zu feiern, und was machst du hier, wenn ich fragen darf?"

„Du meinst also ... Nein, du behauptest jetz t... Ihr seid also echt zusammen? Ihr seid ein richtiges Paar?", stotterte sie forsch. Dabei sah sie ungefähr so schockiert aus, als hätte man ihr ans Bein gepinkelt.

„Ja, ich behaupte es nicht nur, wir sind ein Paar. Schon seit über einem halben Jahr. Ich hatte dir doch geschrieben, dass es so ist", erklärte ich ihr verwundert.

„Ja, ja, das hast du, aber ich hielt es für eine ... Egal! Du meinst also, ihr seid richtig zusammen?" Als Natascha das fragte, betonte sie vor allem das Wort „richtig" und ich begann mich langsam zu fragen, was sich hinter ihrer seltsamen Fragerei verbarg. Wollte sie mich demütigen, ja, mich sogar kränken? Dann hatte sie es bereits geschafft, denn ich wusste, worauf sie hinaus wollte.

„Wir sind richtig zusammen, ja! Mit allem, was dazugehört", zischte ich sie hochnäsig an.

„Mit allem, was dazu gehört? Ihr habt also ... Na, ja ... habt mir miteinander ...?

147

„Geschlafen?", unterbrach ich sie und Natascha nickte, dann fuhr ich fort: „Ja, wir haben miteinander geschlafen. Was ist daran denn bitte so verwunderlich? Menschen lieben sich, sie küssen sich und schlafen miteinander. Das ist doch der normale Verlauf der Dinge."

„Aber wie kannst du mit ihm schlafen?"

Ich bin mir sicher, im Normalfall hätte ich ihre Frage durchaus beantwortet. Verklemmt war ich sicherlich nicht, ich redete offen über Sex und Liebe, aber ihr unangenehmes Ausfragen war beinahe schon penetrant.

„Ich denke nicht, dass dich das was angeht."

„Ist es denn jetzt offiziell mit euch beiden?"

„Wenn es nicht offiziell wäre, wäre ich nicht hier, oder?"

Zögernd fragte sie weiter: „Was ich meine ist, bist du jetzt auch in der Öffentlichkeit ein Mädchen?"

„Nein, selbstverständlich nicht. Du weißt ja, wie die Leute sind und mein Vater weiß noch immer nichts über mich, das soll auch so bleiben", knurrte ich.

„Sergej ist also dein Geheimnis, ja? Hast du dir vielleicht einmal überlegt, was dein unverantwortliches Verhalten mit sich bringen kann? Wie wird er sich wohl fühlen, wenn du ihn ständig vor der Welt versteckst? Ganz zu schweigen davon, was passiert, wenn heraus kommt, dass du nicht wirklich ein Mädchen bist, sondern Leon. Weißt du, was seine Familie dann mit ihm macht? Russen sind keine Deutschen, bei ihnen gibt es so etwas wie Toleranz nicht. Du spielst ein gefährliches Spiel, Leo!", versuchte sie mir sehr verzweifelt klar zu machen.

„Es ist mein Leben, Natascha!", fauchte ich.

„Nein, ganz falsch! Hier geht es um Sergej, nicht um dich. Wenn du ihn wirklich liebst, dann beende es – noch heute, am besten jetzt gleich."

Diese Worte trafen mich mitten ins Herz. Ohne auf ihre Äußerungen einzugehen, rannte ich in das große dreistöckige Haus zurück und schloss mich im Badezimmer ein. Was war, wenn sie recht hatte? Vielleicht spielte ich wirklich ein gefährliches Spiel, doch was Natascha vergaß, war, dass nicht nur Sergej in Gefahr war, wenn herauskäme, dass ich eigentlich Leon-Jens Schöbel hieß. Ich setzte damit auch meine Sicherheit aufs Spiel. Ich wagte mich nicht aus dem Badezimmer heraus, weil ich befürchtete, dass Natascha in der Zwischenzeit bereits allen von meinem kleinen Geheimnis berichtet hatte, doch dann klopfte es an der Tür.

„Bist du hier drin?", hörte ich Sergej rufen.

„Ich komme gleich heraus.", antwortete ich.

„Hast du eine Ahnung, wie viele Räume es in diesem Haus gibt? Ich musste jedes Zimmer nach dir absuchen, also mach' doch bitte die Tür auf.", rief er wieder durch die Tür hindurch.

Ich drehte den Schlüssel herum und öffnete ihm die Tür.

„Ist etwas passiert?", fragte er verblüfft.

„Wieso fragst du?", antwortete ich bedrückt.

„Guck mal in den Spiegel."

Ich drehte mich um und sah in den großflächigen Spiel hinter mir. Es war grauenhaft. Entlang meiner Wangen liefen schwarze Tränen herunter, sie waren ein Mischung aus Wimperntusche und Kajal.

„Schmerzen!", sagte ich, „Ich hatte wieder so starke Schmerzen."

Ich glaube, er wusste, dass es gelogen war, aber ich wollte ihn nicht mit Nataschas Worten konfrontieren. Zumal ich auch Angst hatte, dass sie ihm die Augen öffnen könnte und dann würde ihm bewusst werden, dass er mit einem Mädchen wie mir unmöglich zusammen sein durfte.

„Du willst mir jetzt sagen, dass die Schmerzen so schlimm waren, dass du in Tränen ausgebrochen bist? Leo, das passt ganz und gar nicht zu dir!"

„Lass uns einfach nach Hause fahren, in Ordnung?"

Ohne uns von seinen Eltern zu verabschieden, verließen wie den kleinen Vorort und fuhren nach Schwerin, wo wir auf seinem Balkon die Abenddämmerung genossen. Während der ganzen Autofahrt hatte ich nicht ein Wort herausbringen können, ich war zu sehr in Gedanken versunken. Immer wenn ich dachte, ich sei glücklich und alles liefe gut, dann wurde ich eines Besseren belehrt. Das alles war so erniedrigend für mich. Nataschas Worte hinterließen starke Selbstzweifel in mir. Ich griff in die Tasche meiner braunen Lederjacke und holte eine Zigarette heraus. Als ich sie mir in den Mund steckte, nahm Sergej ein Feuerzeug hervor und zündete für mich meine Zigarette an, danach fragte er: „Sagst du mir jetzt, was passiert ist?"

„Ich weiß nicht, was du meinst", versuchte ich ihm glaubhaft zu machen.

„Ach, komm, Leo! Ich kenne dich. Du hast noch nie wegen irgendwas geheult, solange ich dich kenne. Also, muss irgendwas Schlimmes passiert sein."

Ich begriff, dass es sinnlos war, weiterhin zu schweigen, also erzählte ich ihm die Wahrheit. Eigentlich hatte ich ja erwartet, dass ihm jetzt bewusst wurde, er könne nicht mit mir zusammen sein, doch zu meinem Erstaunen wurde ich überrascht.

„Was denkt sie, wer sie ist? Warum mischt dieses kleine Miststück sich in unser Leben ein? Es ist unsere Sache und ich weiß sehr genau, worauf ich mich eingelassen habe." Sergej schwieg einen Augenblick, dann fuhr er fort: „Gut, ich finde es wirklich nicht so schön, dein Geheimnis zu sein, aber ich mache dir da gar keine Vorwürfe. Du bist noch so jung – gerade einmal sechzehn Jahre alt. Wir haben noch viel Zeit, eine Lösung zu finden. Vielleicht sieht es ja in ein paar Jahren schon ganz anders aus und dann willst du es doch öffentlich machen. Ich gebe dir jedenfalls die Zeit, die du brauchst – das verspreche ich dir."

Ich ließ seine Worte erst einmal Revue passieren, denn innerlich hätte ich erneut anfangen können zu weinen, dieses Mal allerdings vor Freude. Ich hatte so eine Antwort nicht erwartet. Als mir klar wurde, was seine Worte für mich bedeuteten, sagte ich: „Ich habe viele Geheimnisse, aber mein schönstes bist du!"

Sergej lachte wieder, er zog mich dicht an sich ran und beugte sich über mich und gab mir einen langen, zärtlichen Kuss. Es war die erste Nacht, in der ich mich ihm vollkommen sorglos hingeben konnte. Bisher genierte ich mich ab und an schon etwas, wenn wir miteinander schliefen, aber in dieser Nacht gelang es mir, mich einfach fallen zu lassen.

KAPITEL 14

Bitte rufen Sie vorher an!

„Nein, alles nur das nicht und schon gar nicht heute!", dachte ich und las, was auf der gläsernen Eingangstür der Arztpraxis stand.

Verehrte Patienten, dienstags ist keine Sprachstunde. Bitte begeben Sie sich im Notfall zu unserem Vertretungsarzt. Vielen Dank für Ihr Verständnis!

Niedergeschlagen setzte ich mich wieder in das Auto meiner Mutter, die mich eilig zwei Dörfer weiter zum Vertretungsarzt fuhr. Ich mochte ihn zwar nicht besonders, aber darauf kam es wohl nicht an. Bevor ich das Wartezimmer der Praxis aufsuchen durfte, gab ich meine Krankenkassenkarte an der

Rezeption ab, wo sie mir von einer verdutzt aussehenden Schwester zurückgereicht wurde.

„Das ist unmöglich Ihre Karte, junge Dame!"

Ach, herrje, auch das noch. Das war ja mal wieder eine schöne Bescherung. Mir blieb auch echt nichts erspart. Ich sah zu diesem Zeitpunkt bereits so feminin aus, dass die Schwester wohl zu der Überzeugung gelangt war, es handelte sich hierbei nicht um meine Chipkarte, sondern um die eines Jungen. Ich könnte mir vorstellen, dass in diesem Moment mein Gesicht knallrot anlief, aber zum Glück konnte man das unter der dicken Schminkschicht nicht erkennen. Ich beschloss, mich nicht weiter dazu zu äußern und übergab ihr als Beweis meinen Personalausweis, durch den sie zweifelsohne feststellen konnte, dass ich nicht versuchte, mir mit einer falschen Karte eine Behandlung zu ergattern.

„Nun, denn ...", fuhr die Schwester fort, „Ohne Termin ist es sehr schwer für den Doktor, Sie zu untersuchen. Am besten Sie rufen immer ein oder zwei Tage vorher an."

Was sagte diese aufgeblasene dicke Kuh da zu mir? Einen Termin? Anrufen? Zickig und wenig verständnisvoll fuhr ich sie an: „Oh, wie dumm von mir. Entschuldigen Sie, dass sich meine Krankheit vorher nicht angemeldet hat, ich bin mir sicher, dass kommt nicht noch einmal vor."

Die Sprechstundenhilfe sah mich mit ihren kleinen blauen Augen an, als sie meinen Ausweis an mich zurückgab, konnte ich überdeutlich erkennen, wie ihr ein Schweißtropfen über die Wange lief. Ich ging einen Schritt zurück und es sah so aus, als wollte ich die Arztpraxis wieder verlassen, dabei ekelte mich einfach nur ihr heftiger Schweißausbruch an.

„Sie müssen nicht gleich gehen, wir machen heute eine Ausnahme, aber das nächste Mal sagen Sie bitte rechtzeitig Bescheid. Sie können dort drüben Platz nehmen", belehrte sie.

„Es wird hoffentlich kein nächstes Mal geben", dachte ich still bei mir.

Es vergingen nur wenige Minuten, dann hörte ich eine tiefe Stimme meinen Namen rufen. Als ich das Sprechzimmer betrat, bereitete ich mich gerade darauf vor, dem Arzt alles ganz präzise zu schildern. Noch während ich zur Tür hereinkam, fragte er: „Wo drückt denn der Schuh?"

„Ich habe einen immer wieder auftauchenden Schmerz, mal ist er stechend, mal ziehend und mal drückend. Er befindet sich ..." Doktor Landhaupt unterbrach mich: „Ist das mal untersucht worden?", fragte er emotionslos und sah mir dabei nicht einmal in die Augen.

„Ja, schon einige Male. Bisher sagte man mir, es sei ein Nierenleiden, aber ich bin mir da ..."
Ich konnte meine Rede nicht einmal halbwegs zu Ende bringen, weil er mich bereits zum zweiten Mal unterbrach.

„Ich schreibe Sie für den Rest der Woche krank. Arbeiten Sie oder gehen Sie zur Schule?"

„Ich gehe in die zehnte Klasse einer Realschule, aber ich verstehe nicht..."

„Krankschreibung gibt es draußen bei der Schwester. Gute Besserung."

Dann verabschiedete er sich von mir und signalisierte mir mit einer Handbewegung, dass ich nun den Raum zu verlassen hätte. Nun gut, als Verabschiedung konnte man dies wirklich nicht bezeichnen. Es glich einem Rausschmiss. Irgendwie kam ich mir wie im falschen Film vor. Weder hatte er mich untersucht, noch hatte er mich angesehen. Folglich blieb mir nichts weiter übrig, als die Krankschreibung entgegenzunehmen.

Einen Tag später hatte sich mein Zustand zwar gebessert, aber ich beschloss trotzdem, dass es das Beste war, eine zweite Meinung einzuholen. Darum begab ich mich nun endlich zu meinem richtigen Hausarzt. Nachdem ich zwei Stunden lang im Wartezimmer hatte Platz nehmen müssen, empfing mich ein großer, schlanker Mann mit gelocktem Haar, der mich freundlich bat, Platz zu nehmen.

„Wir haben uns ja eine Ewigkeit nicht gesehen, Leon, oder soll ich jetzt "Sie" sagen, so erwachsen, wie Sie geworden sind.", fragte er herzlich.

„Ach, Doktor Wulff, wenn Sie mir weiter helfen können, dürfen Sie mich ruhig duzen", entgegnete ich scherzhaft.

„Dann sieze ich dich erst einmal, bis ich weiß, ob ich dir überhaupt helfen kann. Worum handelt es sich denn?"

So gut ich eben konnte erklärte ich ihm, was der Anlass meines Besuches war. Doktor Wulff war ein Arzt, auf den man sich in ernsten Angelegenheiten verlassen konnte. Er hörte einem stets zu und zog niemals voreilige Schlüsse. Doch obwohl er sich bemühte, mir zu folgen, konnte auch er mir nicht weiter helfen. Nachdem er meinen Unterbauch abgetastet hatte, sprach er:

„Tja, ich kann im Moment nichts ertasten. Es kann natürlich sein, dass Sie unter einer Nierenkrankheit leiden, aber ich würde mich jetzt ungern darauf festlegen. Wären Sie mit einer Blutabnahme einverstanden?"

Was blieb mir schon anderes übrig, als einzuwilligen. Also ging ich auf seinen Vorschlag ein und bedrückt darüber, dass auch er mir keine genauen Antworten geben konnte, verließ ich seine Praxis und ich ahnte nicht, dass ich ihn schon bald wiedersehen sollte und das schneller, als mir lieb war.

Es vergingen fünf Tage, ich dachte auch nicht wirklich viel daran, ob sich durch die Blutabnahme etwas Neues ergeben würde. Bis ich einen äußerst mysteriösen Anruf aus Doktor Wulffs Praxis erhielt. Als ich den Hörer abnahm und seine Worte hörte, überkam mich eine Gänsehaut. Sein fragwürdiges Verhalten ließ mich mit dem Schlimmsten rechnen.

„Die Blutergebnisse liegen vor und ich möchte Sie und Ihre Mutter bitten, morgen früh in meine Praxis zu kommen. Ich möchte diese Angelegenheit lieber nicht mit Ihnen am Telefon besprechen."

Dann legte er auf. Das warf viele Fragen in mir auf. Warum wollte er mir am Telefon nichts sagen und was hatte das zu bedeuten? Viel wichtiger war noch, warum wollte er meine Mutter dabei haben? Stand es so schlimm um mich oder handelte es sich vielleicht sogar nur um ein kleines, kaum nennenswertes Problem? In meinem Kopf flogen die Gedanken nur so umher. Ich versuchte mich zu beruhigen. Noch war ja nichts bekannt und wer wusste, ob ich mir eventuell unnötige Sorgen machte. Sergej, der in diesem Moment neben mir stand, fragte in ernster Tonlage: „Schlechte Nachrichten?"

„Nein, nein. Es ist nur ... Ich soll morgen früh in seine Praxis kommen und das Merkwürdige daran ist, ich soll meine Mutter mitbringen", antwortete ich zurückhaltend.

„Also, stimmt doch etwas nicht mit dir?"

Sergej hörte sich verängstigt an und ich versuchte ihn zu beruhigen.

„Das würde ich nicht unbedingt sagen, vielleicht ist alles nur halb so wild. Wenn es sich um etwas Schlimmes handeln würde, hätte er mich sicher noch heute zu sich in die Praxis gerufen."

Sergej sah nicht gerade so aus, als würde er mir meinen Optimismus abkaufen, aber ich denke, er wollte mich nicht verunsichern und hat deshalb keine weiteren Fragen gestellt.

Was mich betraf, so schlief ich in dieser Nacht unruhig. Immer wieder musste ich daran denken, was Doktor Wulff gesagt hatte. Wenn doch bloß schon morgen gewesen wäre.

Tagebucheintrag vom 20. September

Manchmal wünsche ich mir, ich könnte weit weglaufen – ganz egal, wohin! Einfach nur weg von hier, um dort ein neues Leben anzufangen, wo mich niemand kennt und niemand über mich Bescheid weiß. Dann müsste ich das alles hier nicht mehr ertragen. Wenn ich ganz ehrlich bin, glaube ich nicht einmal, dass Mutti ihre Worte ernst gemeint hat. Wenn man mich fragt, ist alles nur Fassade. Sie versucht mich einzuschüchtern, damit ich nicht auf den Gedanken komme, mich zu „outen". Obwohl ich ihr versichert habe, dass ich das noch nie in Erwägung gezogen habe. Sie hat einfach Angst davor, wie mein Vater darauf reagieren würde. Papa redet sehr oft abfällig über Menschen wie mich und damit steht er nicht alleine, denn das tun die anderen auch. Es war schon schwierig genug für meine Eltern, ein gemeinsames Kind zu bekommen, denn nachdem meine Mutter im Alter von sechzehn Jahren meine Schwester zur Welt brachte und sich vier Jahre später von deren Vater scheiden ließ, um mit meinem Vater zusammen sein zu können, der nebenbei bemerkt schon fünf Kinder aus erster Ehe hatte, schien es, als ob ihr der Wunsch nach einem gemeinsamen Kind verwehrt bleiben sollte. Es dauerte weitere vier Jahre, in denen sie eine Fehl- und eine Totgeburt erlitt, bis sie ihm das gemeinsame Kind schenken konnte. Für meine Mutter war es nicht leicht, damit umzugehen, dass Margot – die Exfrau meines Vaters – ihm ein Kind nach dem anderen gebären konnte, sie aber große Schwierigkeiten hatte, wenn es darum ging, auch nur eine Schwangerschaft zu überstehen. Obwohl mein Vater ihr immer wieder versicherte, dass er selbst nie so viele Kinder gewollt hatte und ich persönlich glaube ihm das auch, aber Margot schien es immer wieder irgendwie hinzubekommen, sich schwängern zu lassen. Das ist der beste Beweis dafür, wie gerissen wir Frauen sein können, wenn wir uns etwas in den Kopf gesetzt haben. Wobei ich mir was Schöneres vorstellen kann, als fünf Kinder aufziehen zu müssen. Nachdem mein Vater sich von Margot getrennt hatte, sehnte sie sich immer noch nach einem weiteren, einem sechsten Kind. Mutti hatte es immer sehr schwer, sich gegen meinen Vater durchzusetzten, denn wenn es um seine Kinder ging, konnte sie noch so viel auf ihn einreden, er ließ sich von ihr nichts sagen und das, obwohl meine Mutter extrem dominant ist und in der Ehe meiner Eltern schon immer die Hosen anhatte. Das einzige Druckmittel, das meine Mutter gegen ihn in der Hand hatte, war ich und so ist es heute noch. Papa betont immer wieder, wie sehr er mich lieb hat und dass ich sein Lieblingskind sei. Wenn ich aber mit der Sprache rausrücken und ihm alles über mich erzählen würde, könnte es durchaus sein, dass er mich fallen lässt wie eine heiße Kartoffel und genau das will meine Mutter verhindern – zumindest kommt es mir so vor. Auch wenn sie es nicht so direkt zu mir gesagt hat, aber ich kenne sie gut genug, um das zu erahnen. Dass es ihr dabei rein um mich geht, bezweifle ich allerdings. Sie handelt zum Teil auch aus egoistischen Motiven. Würde mein Vater mir keine Beachtung mehr schenken, dann hieße das, dass seine anderen Kinder wieder in den Vordergrund rücken würden und darauf hat sie einfach keine Lust. Ich frage mich, ob sie ihn nicht vielleicht falsch einschätzt. Würde er es wirklich übers Herz bringen, mich fallen zu lassen? Was mich betrifft, so habe ich für mein Schweigen ihm gegenüber andere Gründe. Ich bin einfach nicht scharf darauf, mir sein Selbstmitleid mit ansehen zu müssen. Als ich ihm vor drei Jahren sagte, dass ich nicht vorhabe, nach der Schule eine Ausbildung zum Landwirt zu absolvieren, um eines Tages den Betrieb meiner Eltern zu übernehmen, wie es ursprünglich geplant war, war für ihn eine Welt zusammengebrochen, und als ich dann auch noch erzählte, dass ich gerne die russische Sprache studieren möchte, hat er mir doch tatsächlich jahrelang Vorwürfe deswegen gemacht und damit hat er bis heute nicht aufgehört. Was wäre also, wenn ich reinen Tisch machen und ihn über mein wahres Ich aufklären würde? Wie schlimm wäre es wohl dann? Ich glaube, die Konsequenzen kann sich jeder ausmalen, der meinen Vater kennt ...

Ich kann gar nicht zählen, wie oft Mutti meinem Vater angedroht hat, sich von ihm scheiden zu lassen. Meistens sind seine Kinder der Auslöser für solche heftigen Streitigkeiten. Das war im Übrigen schon immer so, seit ich denken kann. Früher waren sie allerdings viel schlimmer, zumindest habe ich es als kleines Mädchen so empfunden. Ich weiß, es ist nicht recht, dass ich so denke, aber wenn sie sich doch noch scheiden lassen würden, dann zieht meine Mutter vielleicht mit mir in die Stadt und dann könnte ich so leben, wie ich es möchte. Ich bin mir sicher, dass sie dann keinerlei Einwände mehr dagegen hat.

KAPITEL 15

Eine unerwartete Diagnose

„Davon habe ich schon gehört! Es ist noch gar nicht so lange her, da lief eine Dokumentation darüber im Fernsehen."

„Das ist gut möglich. Die meisten wissen nicht einmal, das so etwas existent. Dann brauche ich Ihnen ja nichts weiter zu erklären und darf davon ausgehen, dass Sie meine Diagnose verstanden haben."

„Aber gewiss!"

„Halt! Ich bin auch noch im Raum! Will denn niemand wissen, was ich darüber denke?", meldete ich mich endlich zu Wort.

Doktor Wulff sah mich mit seiner runden Harry-Potter-Brille an. Er hatte mir zwar seine Diagnose mitgeteilt, aber die einzige, die was dazu zu sagen hatte, war immer meine Mutter.

Das war es jetzt! Ich nehme sie nie wieder mit! Immer und immer wieder musste sie mich bevormunden wie ein kleines, dummen Schaf.

„Frau Schöbel – ich gehe doch davon aus, dass ich Sie ab jetzt so nennen darf – Frau Schöbel, ab welcher Stelle konnten Sie mir nicht mehr folgen?"

„Von Anfang an nicht, was denken Sie denn?", motzte ich den Armen an.

Ja, ja, er konnte nichts dafür, aber dass meine Mutter zuvor über mich redete, als wäre ich ganz woanders, raubte mir den letzten Rest meiner Geduld.

„Soll ich noch mal von vorne anfangen?"

„Nein, bitte nicht. Das mit der Gebärmutter und den Eierstöcken reicht völlig."

„Also, schön! Der Begriff "intersexuell" sagt Ihnen nichts, habe ich das richtig verstanden?"
Aufmerksam nickte ich und bat ihn dann fortzufahren.

„Intersexuelle sind Menschen so wie Sie, die nicht eindeutig einem Geschlecht zugeordnet werden können. Es gibt verschiedene Arten der Intersexualität. In Ihrem Fall ist es ganz einfach zu erklären."

„Wenn es so einfach zu erklären ist, warum tun Sie es dann nicht *einfach*?"

„Ich will es Ihnen anders verdeutlichen. Wahrscheinlich habe ich es vorhin etwas zu kompliziert erläutert. Sie haben sowohl männliche als auch weibliche Geschlechtsorgane. In Ihrem Körper befinden sich Eierstöcke mit einer möglicherweise voll funktionsfähigen Gebärmutter."

„Und wie geht der Witz weiter? Was hat das alles mit meinen Schmerzen zu tun?"

„Das ist kein Witz, sondern eine medizinische Tatsache. Das Ziehen oder die Krämpfe, die Sie im Unterleib verspüren, ist auf Ihre Monatsregel zurückzuführen. Beinahe jede Frau leidet unter Regelschmerzen, da aber das Blut in Ihrer Gebärmutter nicht abfließen kann, muss es sich innerlich abbauen. Man könnte es mit einer "stillen" Menstruation vergleichen. Dies gibt mir Grund zur Annahme, dass es sich bei Ihnen womöglich um eine funktionale Gebärmutter ..."

„Sie wollen mir weiß machen, ich menstruiere hier jahrelang vor mich hin und kein Mensch sagt mir was davon?", fiel ich wütend ein.

„Nein, nein! Ganz so ist es nicht. Ich hatte keine Ahnung, was Ihnen fehlte. Um genau zu sein fehlt Ihnen nichts. Sie haben wahrscheinlich eher zu viel! Besser gesagt, Sie haben sehr starke Monatsblutungen."

Oh, wie schön, ich war also ein totaler Freak. Willkommen im Klub der außergewöhnlichen Menschen. Warum stellte ich mich nicht gleich auf dem Markt zur Schau? Was bedeutete das jetzt für mich? War ich biologisch ein Junge oder war ich ein Mädchen? Darauf sollte mir jemand eine Antwort geben. Das mit der bescheuerten Menstruation und der Gebärmutter war die eine Sache, aber wohin gehörte ich denn nun?

„Können Sie mir nicht schlichtweg sagen, ob ich männlich oder weiblich bin?"

„Wonach fühlen Sie sich denn?"

Meine Mutter sah mich mit einem Blick an, der mir sagen sollte: „Wehe, du sagst etwas! Dann bist du erledigt!" Ich pfiff auf ihre Mimik. Jetzt oder nie, das war die Gelegenheit!

„Um ganz direkt zu sein, fühle ich mich wie ein Mädchen und wenn ich Sie nicht falsch verstanden habe, dann darf ich mich auch dem weiblichen Geschlecht zugehörig fühlen?"

„Sie haben ja anscheinend doch alles verstanden. Sie müssen wissen, dass Sie nicht der einzige Fall sind, den ich kenne. Jedes fünfhundertste Baby kommt intersexuell auf die Welt. Bei Ihnen schlägt dann also die weibliche Seite durch. Das erklärt auch ihr feminines Aussehen und ihre mädchenhaften Gesichtszüge."

Ich glaube, meine Mutter wäre vor Scham am Liebsten im Boden versunken. Mir war das egal. Heute zählten für mich nur die Worte des Doktors. Ich konnte nicht behaupten, dass ich mich übermäßig darüber freute. Das alles war noch sehr unwirklich und so weit weg für mich, dass ich es da noch nicht zu begreifen vermochte.

KAPITEL 16

Was es bedeutete

„Krass, wie sich alles verändert hat."
„Ja, ich bin auch sehr zufrieden damit!"
„Zumal du dich jetzt nicht mehr zu verstecken brauchst. Klar, ein wenig aufpassen musst du schon noch, aber immerhin musst jetzt nicht mehr ständig diese Angst haben, dass dein Vater jeden Moment um die Ecke kommt."
Ja, Rebecca traf absolut ins Schwarze. Erst dachte ich nicht, dass meine Eltern die Idee mit der eigenen Wohnung ernst meinten, aber ehe ich mich versah, standen Rebecca und ich nun inmitten meines Wohnzimmers, von wo aus man auch in das Badezimmer gelangte. Es war zwar nicht sehr groß, aber dafür außerordentlich geschmackvoll eingerichtet. Zwar hatte es statt einer erhofften Badewanne

eine Dusche bekommen, doch die Fußbodenfliesen waren im Schachbrettmuster schwarz und weiß verlegt. Wenn man durch die Haustür hereinkam, befand man sich gleich in der Küche, die offen an das Wohnzimmer angrenzte. Dort fand man neben diversen Schränken auch einen Herd mit einem Backofen und einen Geschirrspüler. Ich überlegte, ob es wohl unschicklich war, so viel Geschenke von meinen Eltern anzunehmen, ohne dass ich dafür etwas tun musste, aber es heißt ja, einem geschenkten Gaul schaute man nicht ins Maul. Aber mein größter Stolz war wohl der sechstürige Kleiderschrank im Schlafzimmer.

Rebecca setzte sich auf einen Barhocker am Tresen, der an einer Wand in der Wohnstube stand. Selbstverständlich habe ich die Auswahl meiner Inneneinrichtung im Vorhinein mit viel Bedacht getroffen.

„So viel Geschmack hätte ich dir gar nicht zugetraut. Welche Farbe ist das, nussbraun?"

Haselnussbraun – mein komplettes Mobiliar war haselnussbraun, das sah man doch! Doch das Schöne war, dass alles noch so neu roch. Das einzige, was ich aus meinem alten Kinderzimmer mitbrachte, waren die beiden Fernseher in meinem Wohn- und Schlafzimmer.

„Wie wäre es mit einem Kaffee?"

170

„Ich trinke keinen Kaffe, das weißt du doch. Tee wäre mir lieber."

Rebecca nippte an ihrer Teetasse und sah zu mir auf.

„Also, worüber wolltest du mit mir sprechen und überhaupt, warum warst du nicht in der Schule?"

Wieder nippte sie an ihrem Tee. Obgleich ich mich intensiv auf das Gespräch vorbereitet hatte, fehlten mir mal wieder die passenden Worte. Sicher hätte ihr der Wortlaut „Intersexualität" genau so wenig gesagt wie mir vorher. Das Beste war es wohl, gleich mit der Tür ins Haus zu fallen.

„Ganz einfach, ich hatte meine Tage."

Rebecca verschluckte sich an ihrem Tee und spuckte den Rest zurück in die Tasse, dabei prallten ihr große Tropfen ins Gesicht. Sie wischte sich die heiße Flüssigkeit aus dem Gesicht und versicherte sich, ob sie das richtig verstanden hatte.

„Wa...wa...was? Noch mal bitte!", stotterte sie.

„Ich hatte meine Tage, meine Periode oder wie du es sagen würdest, meinen Scheiß."

„Wie denn? Hä? Spinnst du jetzt völlig?"

Sie hielt es für einen geschmacklosen Scherz. Klar, das klang ja auch mehr als unglaubwürdig.

Für gewöhnlich hatte Rebecca Schwierigkeiten, einem längeren Gespräch aufmerksam zu folgen, aber als ich ihr von Doktor Wulffs Diagnose erzählte, hörte sie so gespannt zu, als hätte ich ihr eben von einem vielversprechenden Diätrezept oder einem neuen Modetrend erzählt. Ihr Mund stand weit offen und mittlerweile hatte sie gefühlt meinen kompletten Hausvorrat an Tee weggeschlürft. Ich hoffte inständig, dass sie alles richtig verstand. Doch noch ungefähr drei Minuten der Stille schoss ein lautes „Hä?" aus ihr heraus. Oh, Mann! Ja, das war typisch Rebecca.

„Ich weiß nicht, wie du es siehst, aber auf diesen ausgemachten Schwachsinn hätte ich jetzt lieber etwas Hochprozentiges."

„Sehe ich so aus wie Clown Dolly? Dieses Mal mache ich keinen Scherz – dieses Mal leider nicht! Verdammt noch mal!"

„Du meinst das ernst?"

„Wenn es sein muss, schwöre ich sogar bei meinem Leben!"

„Aber wieso freust du dich denn nicht darüber, statt ein Gesicht wie sieben Tage Regenwetter zu machen? Überlege mal, was das für dich heißt. Du bist gar nicht so viel anders als die anderen Mädchen, also bis auf .., na, ja ... Du weißt schon."

„Was das für mich bedeutet, weiß ich ehrlich selbst nicht. Ich weiß nur, dass ich verwirrt bin."

„Logisch, das würde mich wohl auch aus der Bahn werfen. Wenn du meinen Rat als gute Freundin hören möchtest: Mach dir nicht unnötig eine Platte, vielmehr solltest du dich darüber freuen. Vergiss nicht, das macht dich zu etwas Besonderem."

Sich darüber zu freuen war die eine Sache, aber etwas Besonderes sein, das wollte ich nicht. Ich wollte doch nur „normal" sein, so wie alle anderen auch. Eine Ausnahme zu sein hatte ich so was von satt! Die Diagnose durfte sich jedenfalls nicht auf mein Doppelleben auswirken. Schließlich wäre es meinen Mitmenschen gleich gewesen, aus welchem Grund ich nun plötzlich als Mädchen lebte. Für sie war es vollkommen inakzeptabel. Man wurde in eine Norm gepresst und wer aus der Reihe tanzte, gehörte nicht in die Gesellschaft.

Tagebucheintrag vom 12. Oktober

Ständig diese Fragen! Ich habe die Schnauze voll! Hätte ich es ihm bloß nicht erzählt. Jetzt wühlt es alte Wunden in mir auf, die gerade erst verheilt waren, doch nun bluten sie wieder. Es könnte alles so schön sein. Im Grunde genommen ist die Diagnose ein Geschenk des Himmels. Irgendwie zeigt sie mir, dass ich nicht verrückt und wirklich eine Frau bin.

Das Schlimme sind einzig allein die Fragen. „Kannst du denn auch Kinder kriegen?" oder „Hä, wie geht das denn?" oder noch besser: „Bist du denn ein Zwitter?" Bla, Bla, Bla ... Entschuldigt, aber kann es sein, dass ihr scheiße seid? Ich habe es noch nicht mal selbst verarbeitet und ihr quetscht mich aus wie eine Zitrone. Aber dass Sergej mir jetzt auch noch unangenehme Fragen dazu stellt, übertrifft einfach alles.

ICH WILL HIER WEG!

KAPITEL 17

Frohes neues Jahr, Leo!

Ich dachte daran, wie sehr Sergej mir übers Weihnachtsfest gefehlt hatte. Eigentlich hätte er an meiner Seite sein müssen, aber was sollte ich meinem Vater denn sagen? Ganz zu schweigen von meinen Großeltern, die traditionsgemäß jedes Weihnachtsfest bei uns verbrachten. Mir war nicht klar, dass man einerseits so glücklich sein konnte, einen Menschen zu lieben, der diese Liebe erwiderte, und sich gleichsam doch so einsam fühlte, weil man nicht dazu stehen durfte.
Ich hatte ihm versprochen, mit ihm gemeinsamen in das neue Jahr zu starten. In einer Gaststätte, die sich nur ein Dorf weiter befand, stieg wie immer der jährliche Silvesterball. Doch mir war schwer ums Herz,

denn was sollte ich machen, wenn es null Uhr war, den Tresen küssen? Wie sollte ich Sergej ein frohes Jahr wünschen? Küssen durfte ich ihn nicht, das war ganz klar.

Am Abend sah ich, wie alle Pärchen glücklich und offen zueinander standen. Miriam, die wie üblich schon frühzeitig einen leichten Schwips hatte, versuchte mich aufzumuntern.

„Wir machen einfach noch eine Silvesterparty bei dir zu Hause. Dann können du und Sergej die ganze Zeit knutschen, während ich mich um die Musik kümmere. Na, ist das eine Idee?"

Das Aufmuntern wäre ihr auch gelungen, wenn nicht Anika an mich herangetreten wäre.

„Leon, wer ist denn der heiße Typ, den du mitgebracht hast? Darf man den näher kennenlernen? Wie alt ist er? Meinst du, ich kann rüber gehen und ihn nach seiner Handynummer fragen?" euphorierte sie in einem hönisch klingenden Tonfall.

„Ja, klar! Darf ich dir dann auch ins Gesicht treten?", dachte ich bei mir.

Wie Rebecca und Miriam gingen auch Anika und Anja in meine Klasse. Anja war ihre Zwillingsschwester und der Beweis dafür, dass es auf dem Land waghalsig war, aus der Menge herauszustechen. Jeder wusste, dass Anja lesbisch war. Gut, sie hat nicht direkt dazu gestanden, aber man sah es ihr an der Nasenspitze an, und ebenso zerriss sich jeder sein Schandmaul darüber, ich im Übrigen auch, also war ich genau so schlecht wie alle anderen, gar keine Frage. Allerdings gehörte sie nicht zu denjenigen, denen ich mich anvertraute.

Wie gerne hätte ich Anika für ihre dumme Frage eine Ohrfeige verpasst, oder ihr wenigstens ihre Haare einzeln ausgerissen, aber außer nett zu lächeln blieb mir nichts übrig.

„Anika, der ist achtundzwanzig – viel zu alt für dich! Du kannst ja wohl wirklich bessere haben", schleimte ich scheinheilig.

„Ach, das macht mir gar nichts, auf alten Schiffen lernt man das Segeln. Woher kennst du ihn?"

Oops, das ist wohl daneben gegangen. Was war ich doch für eine dumme Kuh? Wenn Anika für etwas berüchtigt war, dann wohl für ihre Männergeschichten. Warum habe ich da nicht dran gedacht?

„Er ist ... ein guter Kumpel", log ich.

„Ähm, Leo", flüsterte Miriam empört, „ich dachte, dein Freund wird in zwei Wochen einundzwanzig."

„Wird er ja auch, aber das weiß die doch nicht! Ich dachte, er würde sie dann nicht mehr interessieren. Jetzt geht sie doch tatsächlich zu ihm rüber und versucht, sich an ihn ranzumachen und ich kann nur dastehen und zusehen."

Miriam nahm mich in die Arme, um mir Trost zu spenden. Anika nahm jede Gelegenheit wahr, die sich ihr bot. Sie saß da wie eine Spinne. Eine Spinne, die wartete, bis ihr Opfer ihr ins Netz lief.

Die Uhr schlug zwölf und das neue Jahr wurde eingeleitet. Pärchen, die sich küssten hier, Pärchen, die sich um den Hals fielen dort. Ich konnte nur schwer den Brechreiz unterdrücken. Miriam stieß gegen mein Glas und schrie:

„Frohes Neues, meine Beste!"

„Frohes Neues, Gerdachen!"

Sergej trat an mich heran, ich erwartete eigentlich eine zärtliche Umarmung, so besoffen wie alle waren, hätte es sowieso keiner mehr registriert und falls doch, hatten sie es am nächsten Tag vergessen. Ich drehte mich in seine Richtung, doch dann:

„So, ein Kumpel, ja?" - brüllte er lauthals in die Menge.

„Was meinst du?"

„Ein Kumpel, mehr also nicht? Wer von uns predigt denn immer Ehrlichkeit? Interessant, was du darunter verstehst!"

„Sergej nicht hier, dann lass uns nach draußen gehen." - belehrte ich ihn.

Ich war so peinlich berührt, dass der Schweiß auf meiner Stirn perlte. Miriam echauffierte sein Verhalten sehr. Wie konnte er es wagen, mich hier in aller Öffentlichkeit bloß zu stellen. Begriff er denn nicht, was auf dem Spiel stand?

Sie schrie ihn an:

„Bist du übergeschnappt? Komm erst mal runter, bevor du sie … Verzeihung! Ich meinte natürlich "ihn" so dumm von der Seite anmachst!"

„Herunterkommen, ja? Ihr habt sie doch nicht alle!"

Wütend verließ er den Gaststättensaal.

„Leo, geh ihm nach, bitte", hörte ich Miriam sagen.

Nein, nun hieß es, gute Miene zum bösen Spiel zu machen. Die Leute waren schon misstrauisch genug. Wäre ich ihm hinterher gelaufen, hätte das nur noch größeres Aufsehen erregt.

KAPITEL 18

Entweder, oder …

Ein roter Schleier berührte das mit Schnee bedeckte Land und streichelte sanft mein Gesicht. Diesen romantischen Sonnenaufgang alleine genießen zu müssen, glich beinahe einer Komödie. Ich begann mich zu fragen, was ich getan hatte, dass mir das Leben immer wieder einen Strich durch die Rechnung machte. Immer wenn ich im Navi „Glück!" als Ziel eingab, kam ich genau am entgegengesetzten Ende an und mein Glück entpuppte sich als Albtraum. Albträume waren damals die einzigen magischen Kräfte, die das Schicksal für mich vorbestimmt hatte. Ich wünschte mir aufzuwachen, aber wie ich feststellen musste, befand ich mich mitten in der Wirklichkeit – in meinem Spiegel wieder.

Immer wieder stellte ich mir die selbe Frage: War es nun an der Zeit, alle Ängste über Bord zu werfen und wenn ja, wie sollte ich das anstellen? Oder musste ich mich jetzt zwischen Liebe und Zukunft entscheiden? Normalerweise schließt das eine das andere nicht aus, aber „normal" gab es in meinem Leben nun mal nicht. Hätte ich mich für Sergej entschieden, wären wir beide erledigt gewesen. Die Gesellschaft hätte uns platt gemacht wie eine Flunder, das ist war mal sicher. Egal, wie ich mich entschied, ich hätte verloren.

Von Weitem sah ich ihn angelehnt an seinem Auto stehen. Da aufgrund des starken Schneefalls alle Spuren verwischt worden waren, konnte ich nicht mit hundertprozentiger Gewissheit sagen, ob er den schmalen Waldweg entlanggefahren war. Die dicken Schneeflocken beeinträchtigten meine Sehfähigkeit erheblich. Ich hoffte, dass es noch nicht zu spät war, alles wieder ins Lot zu bringen. Langsam trat ich an ihn heran und legte meine Hand auf sein linkes Ohr. Sergej zuckte schreckhaft zusammen.

„Darf ich mich dazu stellen?"

„Woher wusstest du, dass ich hier bin?"

„Als du das erste Mal mit mir hier herausgefahren bist, sagtest du, dass dies der

Ort sei, an den du dich zurückziehst, um über wichtige Dinge nachzudenken. Ich wusste gleich, wenn ich dich irgendwo antreffe, dann hier."

„Hätte nicht gedacht, dass du dich noch daran erinnerst."

Sich entschuldigen war nicht gerade einer meiner Stärken, aber welche Optionen hatte ich denn? Wenn mich jemand so demütigen würde, dann wäre eine Entschuldigung das Mindeste.

„Ich weiß, ich habe Scheiße gebaut, aber du kannst dich nicht ewig hier verstecken."

„Wieso, du versteckst dich doch auch andauernd! Du sprichst immer von unserer Angst und von möglichen Konsequenzen, aber niemals von unserer gemeinsamen Zukunft. Manchmal frage ich mich, ob du überhaupt an uns glaubst."

Sergej sah blass aus, es schien ihn alles sehr mitzunehmen. Wahrscheinlich mehr als er zugab. Wie gerne hätte ich ihn in den Arm genommen und ihm versprochen, dass von jetzt an alles gut werden würde, aber ich pflegte nie Versprechungen zu machen, von denen ich nicht wusste, ob ich sie halten konnte, das führte nur zu Komplikationen. Ich befand mich in einer Zwickmühle. Der einzige Weg, ihn zu halten, war, zu ihm zu stehen. Aber durfte ich es mir wirklich erlauben, ins

Ungewisse zu laufen? Die Chancen standen fünfzig zu fünfzig. Entweder wäre es alles nur halb so schlimm gewesen, dann hatten wir Glück, oder es war der Anfang von unserem Ende. Ich dachte an Katja, die mir erst Verständnis vorheuchelte, um sich dann hinterher bei meiner Mutter über mich auszulassen. Auch die Worte meiner Mutter gingen mir im Kopf herum. Von ihrer Ansicht, dass ein Coming-out für mich die Hölle auf Erden bedeuten würde, war sie in keinster Weise abgewichen. Ja, das konnte man durchaus eine missliche Lage nennen.

Ich hatte nicht die Spur eines Schimmers, wie lange wir dort einfach nur so rumstanden und uns gegenseitig anschwiegen. Wie auch immer. Er war jedenfalls deutlich länger hier als ich. Seine Lippen fingen bereits an, blau anzulaufen und die Klamotten an seinem Leib waren durchnässt vom nasskalten Schnee. Weiterhin Löcher in die Luft zu starren, brachte uns nicht weiter, irgendwas musste ich also sagen:

„Glaubst du denn daran? An uns?", fragte ich vorsichtig.

„Ich habe doch immer daran geglaubt. Ich dachte, wenn ich dir nur genug Zeit lasse, wird sich schon alles zum Guten wenden, aber inzwischen bin ich mir nicht mehr sicher, ob das je passieren wird. Kannst du mir hier und jetzt versprechen, dass du eines Tages voll hinter dir selbst stehen wirst? Wenn du mir das versprechen kannst, dann warte ich, scheißegal, wie lange es dauert."

„Nein, versprechen kann ich dir nichts. Ich kann leider nicht in die Zukunft blicken. Wir können nur im Jetzt leben, was anderes bleibt uns nicht übrig."

„Hallo, Leo, wach auf! Das Leben ist kein Sommernachtstraum, in dem sich durch Elfen und Amors Wunderblume alle Probleme in Luft auflösen. Du musst dir das Glück selbst greifen, nur du allein kannst die Weichen für deine Zukunft stellen."

„Denkst du, das weiß ich nicht? Ich bin eigentlich immer ganz vorne dabei, wenn es darum geht, weit vorauszuplanen, aber das ist ein Bereich meines Lebens, von dem ich mir nicht zu viel erhoffen darf. Wenn ich der Welt morgen plötzlich mein wahres Ich offenbaren würde, könnte es dazu führen, dass ich viele Menschen dadurch verletze, Menschen, die mir nahe stehen", brüllte ich hilflos aus mir heraus.

„Ja, dann ..."

„Dann?"

„Dann stelle ich dich jetzt vor die Wahl. Entweder dein absurdes Doppelleben oder ich."

Ich wünschte, er hätte mich das nicht gefragt. Es fühlte sich an, als hätte man mir den Boden unter den Füßen weggerissen. Fehlte nur noch jemand, der mich hinein schubste, und es würde direkt abwärts in die Hölle gegen, wo wahrscheinlich schon Luzifer mit Messer und Gabel auf mich wartete, um mich Stück für Stück zu verspeisen.

„Dann haben wir einander nichts mehr zu sagen."

„Das kannst du nicht ernst meinen. Irgendwie kaufe ich dir das nicht ab. Leo, sei jetzt nicht dumm und mach keinen Fehler, den du hinterher bereust."

Ob es nun ein Fehler war nicht. Ich war noch nicht stark genug, ein neues Leben zu beginnen. Ohne auch nur ein Wort des Abschieds an ihn zu richten, drehte ich mich um und rannte davon. Ich rannte und mit jedem Meter, den ich mich von ihm entfernte, fühlte es sich an, als würde mein Herz in sich zusammenbrechen wie ein altes morsches Gerüst, das dem Einfluss der Witterungsbedingungen nicht mehr standhielt. In der Ferne hörte ich Sergej immer wieder rufen:

„Bleib stehen, Leo! Bitte, dreh dich um!"

Nein, ich durfte nicht stehen bleiben. Wenn ich stehen blieb, hätte ich keine Kraft mehr

gehabt, um weiter zu gehen. Als sein Rufen schließlich verstummte, stützte ich mich zunächst an einer alten
Buche ab, dann brach ich unter Tränen zusammen. Dort hockte ich nun also, am Rande eines verschneiten Sandweges. Der Schneefall wurde immer stärker und ich versuchte mich aufzurichten, aber mir fehlte die Kraft. Ich war schwach und verletzt, wie ein angeschossenes Reh, das im Wald jämmerlich zugrunde ging. Es war nicht nur der Trennungsschmerz, viel mehr war es die Gewissheit darüber, dass ich niemals ein glückliches Leben führen durfte.

KAPITEL 19

Fotografin in Spe

Leises Knirschen im Schnee. Erst kamen die Schritte langsam auf mich zu, dann immer schneller. War es vielleicht Sergej? Ich hätte nicht zu hoffen gewagt, dass er mit hinterlief. Ein Schatten tat sich vor mir auf und eine mir sehr vertraute Stimme fragte mich freundlich und gut gelaunt:

„Kann ich dir helfen?"

Was, wie bitte? Sie? Was wollte die denn hier? Heute schien der Tag der großen Überraschungen zu sein. Ich hob meinen Kopf, um mich zu vergewissern, dass ich keinem Irrtum aufgesessen war. Tatsächlich, sie war es! Leibhaftig stand sie mit einem Regenschirm vor mir, den sie dabei hatte, damit ihre Frisur nicht vom Schnee zerstört wurde. Regungslos wie eine alte Kuh sah ich sie verdutzt an, als sie mich wieder etwas fragte.

„Stimmt etwas nicht?"

Ich senkte meinen Kopf wieder und rechnete damit, dass sie wohl jeden Moment weiter ziehen würde. Allein schon um des Anstands willen. Sie sah doch, dass ich in Ruhe gelassen werden wollte. Doch stattdessen setzte sie sich neben mich in den eiskalten Schnee.

„Emma, was genau tust du hier? Warum bist du nicht zu Hause bei deinem Freund?"

„Na, weil ich jetzt bei dir bin und so wie es aussieht, hast du Hilfe nötig."

„Wer sagt das?"

„Ich! Wer sonst? Oder siehst hier noch jemanden? Du wohnst doch hier in der Nähe, nicht wahr?"

Warum wollte sie das wissen? Wir hassten uns doch, oder hatte sie einfach bloß vor, mein Haus abzufackeln?

„Ja, zwei Straßen weiter, wenn du es genau wissen willst. Gibt es einen bestimmten Anlass zu deiner Frage?"

„Ich ... Ja, klar! Wir gehen seit fast zehn Jahren in die selbe Klasse, das wäre doch der passende Augenblick, um dir einen Besuch abzustatten."

Wieso? Reichte es nicht, dass ich sie in der Schule ertragen musste? Dachte sie im Ernst, ich würde mir meine wertvolle Freizeit von ihr verderben lassen? Obwohl, tiefer sinken konnte ich ja nicht. Am Boden war ich doch so schon, was hätte mir also noch Schlimmeres passieren können?

„Ich würde aber kein sehr guter Gastgeber sein."

„Mir egal, also komm schon."

Sie stand vom Boden auf und reichte mir ihre Hand.

„Warte, lass nur, ich mache das schon."

Emma brühte heißen Kaffee auf und goss ihn in eine Tasse. Irgendwas stimmte nicht mit ihr. Sonst sahen wir uns kaum und schon flogen die Fetzen.

„Danke, das war nicht nötig."

„Schon gut. Möchtest du mir nicht erzählen, was passiert ist?"

Zugegeben, es grenzte an pure Naivität, wenn nicht sogar an Dummheit, aber ich wollte mit ihr darüber sprechen. Immerhin war sie die erste, die sich mir diesbezüglich anbot und in diesem Moment brauchte ich sie einfach. Es war leichtsinnig, sie über alles aufzuklären. Ich erzählte ihr alles. Von meinem Doppelleben bis hin zur meiner eben erst erfolgten Trennung von Sergej. Nicht einmal ein kleines Kichern oder ein „Hihi" gab sie von sich. Sie hörte mir gespannt zu, bis ich endlich mit meinem Vortrag fertig war, erst dann äußerste sie sich zu diesem Thema.

„Puh, das wundert mich überhaupt nicht, dass du Angst vor der Reaktion der Leute hast. Ich würde mir auch vor Angst in die Hose scheißen, glaub mir. Ich denke, er sieht nicht, was du bisher schon alles auf dich nehmen musstest. Wenn ich mir vorstellen müsste, plötzlich als Junge zu leben, das wäre grauenvoll. Wie fühlt man sich, wenn man so tun muss, als wäre man ein Junge, wobei man eigentlich ein Mädchen ist?"

„Schrecklich, Emma! Jedes Mal, wenn ich morgens aufstehe, hoffe ich, dass alles nur ein Traum war, aber so ist es nicht. Der Wahnsinn geht immer so weiter, Tag für Tag, und ich sehe einfach keinen Ausweg, dem Chaos zu entrinnen. Weißt du, wie gerne ich der Welt offen zeigen möchte: Hier bin ich! Das bin ich!"

„Ich verstehe nicht, wie du das alles so mitmachen kannst."

„Tja, die Menschen hier sind halt noch nicht so weit."

„Wie recht du hast, Leo."

Ah, alles klar! Leo nannte sie mich jetzt also auch schon und wann würde sie zu Siena laufen, um ihr alles zu erzählen?

„Sag mal, Emma. Was hast du wirklich dort draußen gemacht?"

„Ich habe Fotos gemacht."

„Fotos?"

„Ja, ich will doch Fotografin werden und die Natur ist mein Lieblingsmotiv."

„Ach, deshalb. Zeig mal, welche Bilder du gemacht hast."

Erst wollte sie nicht so recht, aber nach dem ich ein bisschen mit meinen traurigen Augen zwinkerte, willigte sie doch ein.

„Emma, willst du mich verarschen? Das ist nicht die Natur. Das bin ich heulend am Straßenrand. Eine Person, die einem nachstellt, nennt man einen Stalker."

„Das siehst du falsch. Ich stelle dir doch nicht nach. Es war nur so, dass deine Pose so gut zum Hintergrund passte. Es tut mir leid, da habe ich nicht nachgedacht. Bist du jetzt sehr sauer auf mich?"

„Nicht, wenn du mir versprichst, die Fotos zu löschen."

Genau das tat sie auch. In meinem Beisein löschte sie alle Fotos auf der Kamera, auf denen ich zu sehen war. Nur eines wurde neu hinzugefügt. Unser erstes gemeinsames Foto, das sie an diesem Tag von uns machte und welches ich noch bis heute besitze.

Tagebucheintrag vom 12. März

Ich bin froh, dass ich Emma habe. Wer hätte gedacht, dass ich in ihr so eine gute Freundin finde würde. Sie versteht es wirklich, einem Mut zu machen. Der kleine Streber, für den ich sie immer hielt, hat sich scheinbar endgültig verabschiedet. Sie ist ganz anders, als ich gedacht habe und das Gute ist, man kann mit ihr über jeden Scheiß reden. Wenn sie nicht wäre, wüsste ich nicht, wie ich den Schmerz um Sergej ertragen sollte.

KAPITEL 20

Wie Wasser und Steine im Meer versinken

Die Wochen vergingen und meine Sehnsucht nach Sergej wurde von Tag zu Tag größer. Im Innern hoffte ich jeden Tag auf Nachricht von ihm. Gleichwohl wusste ich, dass es vergebens war. Ich hatte ihn mutterseelenalleine dort in diesem verschneiten Wald stehen lassen, ohne auch nur ein Wort des Abschieds an ihn zu richten. Ich habe mich nicht einmal mehr nach ihm umgedreht und das hatte ihn zutiefst verletzt. Doch er hatte mir keine Wahl gelassen. Schließlich war er es, der mir das Ultimatum gestellt hatte. So sehr ich mich auch bemühte, nicht an ihn zu denken, es wollte mir einfach nicht gelingen. Ich konnte es aber dennoch verstehen, dass er sich nicht bei mir meldete. Er war es leid, ständig von mir vor der Öffentlichkeit versteckt zu werden. Ich verbarg ihn ebenso vor der Öffentlichkeit, wie meine Mutter mich verbarg. Daher wusste ich nur zu gut, wie er sich an meiner Seite gefühlt haben musste. Die Kraft und den Mut, mich offen zu ihm zu bekennen, hatte ich damals aber nicht. So sehr ich ihn auch liebte, ich konnte mich einfach nicht dazu überwinden. Zu groß war meine Angst. Ich wünschte mir so sehr, dass alles gut werden würde. Wenn er doch nur ein paar Jahre gewartet hätte, vielleicht hätte ich dann die Courage besessen, mit der Welt reinen Tisch zu machen. Doch versprechen konnte ich ihm das nicht. Damals war ich einfach noch viel zu unentschlossen, wahrscheinlich auch zu jung und ich ließ mich scheinbar zu sehr von meinen Ängsten leiten. Ganz davon abgesehen hatte meine Mutter gute Vorarbeit geleistet. Ihre Befürchtungen hatten Spuren bei mir hinterlassen, genau so wie die ständigen Schikanen meiner Mitmenschen. Außerdem war ich überzeugt davon, dass sich die Tyrannei der Dorfbewohner auch gegen Sergej wenden könnte. Die Beziehung wäre daran ohnehin zerbrochen. Für unsere Liebe gab es keine Zukunft und das bedauerte ich zutiefst. Für mich war von jetzt auf gleich eine Welt zusammengebrochen. Es fühlte sich an, als ob mich jemand aus einem wunderschönen Traum wieder in die Realität zurückgeholt hatte. Ich kann gar nicht sagen, wie viele Tränen ich in dieser Zeit vergoss. Mit Sicherheit hätte es noch sehr lange gedauert, bis ich wieder Boden unter den Füßen gefasst hätte, wäre da nicht Emma gewesen, die sich große Mühe gab, mich wieder aufzubauen und die mir zeigte, dass man sich niemals gehen lassen durfte. Auch wenn es noch so schwer fiel, ich musste einfach die Contenance bewahren. Andernfalls wäre ich wohl in eine tiefe Depression versunken.

Ich lag auf meiner Couch und starrte sinnlos die Decke an. Wieder einmal war ich ganz in meiner Gedankenwelt versunken, als es an der Tür schellte. Aufgebracht rannte ich hin. Ich konnte es noch nie ausstehen, wenn man mich so aus meinen Gedanken riss. Darum bereitete ich mich schon innerlich darauf vor, die Person, die ungebeten an meiner Tür geklingelt hatte, wutentbrannt wieder nach Hause zu schicken. Zu gerne ließ ich meinen Frust an einer fremden Person ab. Als ich die verschnörkelte, schneeweiße Wohnungstür aufriss, sah ich, dass es Emma war, die mich anlächelte und fragte:
„Ist alles in Ordnung bei dir?"

Das hatte ich nun wirklich nicht erwartet. Eigentlich meldete sich Emma vorher an, wenn sie die Absicht hatte, mich zu besuchen.

„Du warst heute nicht in der Schule und Rebecca meinte, es geht dir seelisch nicht so gut, da habe ich mir gleich Sorgen um dich gemacht. Du warst die letzten Tage schon so abwesend", fügte sie hinzu.

Ich rang mich gerade noch so zu einem gestellten Lächeln durch, doch antworten wollte ich auf ihre Frage nicht. Sie anzulügen wäre zwecklos gewesen, denn Emma war ja schließlich nicht auf den Kopf gefallen. In solchen Dingen war Emma sehr sensibel und sie hätte die Lüge sofort durchschaut. Ich sah an ihr hinunter und erblickte eine kleine schwarze Tasche, die sie in ihrer linken Hand hielt. Hatte sie etwa vor, hier zu übernachten?

„Ich habe dir was mitgebracht. Sekt und romantische Schnulzen sind genau die Dinge, die am besten gegen Liebeskummer helfen, und ich erkläre mich persönlich bereit, deinen Schmerz mit dir zu teilen", scherzte sie.

Nun hörte sich doch alles auf. Woher wusste sie von meinem Kummer? Hatte ich ihr nicht glaubhaft vermittelt, dass ich über die Trennung hinweg war? Ganz offenbar nicht! Dabei empfand ich meine gespielte gute Laune in der Schule während der letzten Wochen als filmreif.

„Liebeskummer? Also, wenn ich ehrlich bin ...“

„Ach, komm! Mir machst du nichts vor. Kein Mädchen der Welt steckt eine Trennung einfach so weg.“

Emma kam in meine Wohnung, setzte sich auf das schwarze Sofa und öffnete sogleich die erste Flasche Sekt. Noch bevor sie das erste Glas füllen konnte, hielt ich sie davon ab.

„Bist du mit dem Motorrad hier?“

„Ja! Wollen wir eine Runde drehen?“

Ich nickte, dann stellte sie die geöffnete Flasche in den Kühlschrank und ging mit mir nach draußen. Als sie auf ihr Motorrad stieg, musste ich plötzlich anfangen zu lachen.

„Was ist so komisch?“

„Gar nichts, Emma! Nur mit dem Helm und dem weiten Pullover siehst du aus, wie ein richtiger Biker.“

„Na, dann komm schon, Baby! Steig auf! Wohin soll die Reise gehen, Zuckerpuppe?“

„Irgendwohin! Ganz egal, wohin! Einfach nur weg!“

Als ich ihr überließ, das Ziel zu bestimmen, dachte ich nicht, dass es sich dabei um einen Strand handelte, der dem glich, an dessen Ufer ich vor noch gar nicht allzu langer Zeit Hand in Hand mit Sergej spazieren ging und wo er mich mit seinen verliebten Augen ansah. Das wühlte viel in mir auf, aber zugleich fühlte ich mich ihm hier wieder näher. Für einen kurzen Augenblick dachte ich, dass er ganz nahe bei mir war. Ich hätte mich nur umdrehen müssen und er hätte dort mit offenen Armen auf mich gewartet. Doch als ich mich umdrehte, stand dort nur Emma, die gerade eine alte leere Colaflasche vom Sandboden aufhob.

„Wirf sie weg, Emma! Da haben bestimmt schon die Hunde draufgepinkelt."

„Nein, die hier ist perfekt!", freute sie sich.

Hatte sie jetzt völlig den Verstand verloren? Was wollte sie mit dieser alten Flasche denn bitte sehr anfangen? Wenn ich mir Emma so ansah, glaubte ich nicht, dass ihre Familie sprichwörtlich am Knochen nagen musste. Also war die Vermutung, dass sie die Flasche mit nach Hause nehmen würde, höchst unwahrscheinlich.

„Wofür ist das alte Ding perfekt?", fragte ich sie verwirrt.

„Na, als Symbol, du Nuss!"

Jetzt war ich komplett verunsichert. Entweder ich stand auf dem Schlauch, oder Emma hatte den Verstand verloren. Sprachlos gaffte ich sie an, dann kam sie auf mich zu, füllte die Flasche mit Wasser und Steinen, nahm meine

Hand, drückte sie zaghaft um die Flasche, sodass wir sie beide fest hielten und sagte: „Die Steine sind deine Probleme. Das Wasser darin ist unsere alte Feindschaft und die Flasche ist die Truhe, in der wir das alles wegschließen – für immer."

War sich Emma sicher, dass sie mit Fotografin den richtigen Beruf ausgewählt hatte? So wie sie redete, hätte Therapeutin besser zu ihr gepasst. Doch Emma hatte den Nagel auf den Kopf getroffen. Meine Probleme einfach wegschließen – das war es, was ich mir wünschte.

„Aber die Flasche ist immer noch da und ich kann die Steine deutlich sehen, genauso wie meine Probleme auch."

„Stimmt, und deshalb versenken wir sie jetzt im Meer! Dann bleibt sie für alle Zeit auf dem Grund und niemand wird sie wieder heraufholen, niemand außer uns weiß, dass sie dort unten auf dem Grund liegt. Nur du allein kannst sie wieder heraufholen."

Gesagt, getan! Emma und ich gingen die Seebrücke entlang, was im Dunkeln sehr gefährlich war, denn an der Seite befand sich keine Reling, nur ein kleiner Absatz, über den man leicht in die Tiefe hätte stolpern können. Emma und ich nahmen die Flasche in unsere Hände und ließen sie ins Meer hinabstürzen.

Irgendwie hatte das etwas Theatralisches an sich. Wenn ich meinen Kummer genau so hätte versenken können, dann wäre alles so einfach gewesen, aber in der Realität funktioniert es nicht immer so leicht.

Drei Stunden und zwei Sektflaschen später überkam mich der Gedanke, draußen im Mondlicht spazieren zu gehen. Emma zögerte eine Weile, bevor sie auf meinen Vorschlag einging. Immerhin war es schon lange nach Mitternacht und wer kommt schon auf die Idee, des nachts zu zweit draußen im Wald herumzuirren? Niemand anders als ich Emma und ich natürlich. Sicher hatten wir Angst so ganz alleine im Dunkeln, aber irgendwie gab uns das auch einen gewissen Kick und ich musste zugeben, dass ich das von Zeit zur Zeit brauchte. Als wir nach einigen Minuten zu einem alten, abgelegen Spielplatz kamen, legten wir uns dort auf eine Hängematte. Wir sahen zum Himmel hinauf. Es war eine außergewöhnlich sternenklare Nacht und man konnte die Milchstraße deutlich erkennen.

„Du sag mal ...", fragte Emma zögernd, „Wie stellst du dir eigentlich deine Zukunft vor? Die Schule haben wir fast beendet und du hast doch auch schon deinen Ausbildungsplatz. Wirst du so weitermachen wie bisher und dich verstecken, oder wirst du zu dir selbst stehen und dein Leben jetzt endlich nach deinen Wünschen gestalten?"

Ich schwieg einen Augenblick lang und überlegte mir die Antwortet auf ihre Frage sehr genau, aber dann meinte ich zu ihr:

„Ich weiß es nicht! Ich würde alles darum geben, um endlich ein normales, glückliches Leben führen zu können. Ich denke nicht, dass es jetzt schon an der Zeit ist, diesen Schritt zu gehen, aber vielleicht kommt eines Tages der Moment, der mein Leben völlig verändert und dann werde ich dazu bereit sein."

„Also hast du es irgendwann vor?"

„Auch das weiß ich nicht! Ich habe erst vor Kurzem zu jemand ganz bestimmtem gesagt, dass ich nicht in die Zukunft sehen kann und daher kann ich jetzt auch noch nicht wissen, wie lange ich dieses falsche Spiel noch ertrage. Vor ein paar Jahren quälten mich oft Selbsttötungsgedanken, aber immer, wenn ich kurz davor war, alles hinzuwerfen, verließ mich der Mut. Ich habe meine Entscheidung damals sehr oft bedauert, aber heute weiß ich, dass es die richtige war. Das Leben birgt noch so viele Überraschungen und ich möchte sehen, was es für mich bereithält."

Emma sah mich lächelnd an und sagte mit erhobener Stimme:

„Ich bin froh, dass dich der Mut zum Weitermachen nicht verlassen hat. Ansonsten würde ich jetzt nicht hier mit dir liegen und dann hätte ich niemanden, mit dem ich so frei über alles sprechen könnte. Wenn du dich eines Tages dazu entschließen solltest, deinen Weg zu gehen, dann stehe ich zu tausend Prozent hinter dir, du kannst dich auf mich verlassen!"

Wieder sah ich zum Himmel hinauf und bewunderte die Sterne, die auf dem schwarzen Hintergrund wie Diamanten funkelten. Für einen kleinen Augenblick lang war ich glücklich, und so schloss ich meine Augen und genoss dieses winzige Glücksgefühl. Von diesem Moment an wusste ich, dass ich nicht alleine war. Ich hatte Freunde, die sich um mich sorgten und auf die ich in ernsten Situationen zählen konnte.

Ja, ich war tatsächlich glücklich. Mir war bewusst, dass dieser Moment nicht ewig anhielt und wenn ich am nächsten Morgen aufwachte, dann würde alles wieder seinen gewohnten Gang nehmen. Am Montag würde ich wieder in die Schule gehen und müsste wieder einmal ein falsches Gesicht aufsetzen und mich hinter einer Maske verbergen. Hätte ich noch einmal geboren werden können, dann hätte ich mir gewünscht, ich wäre gleich als

Mädchen auf die Welt gekommen. Als
Mädchen würde ich mein Leben dann gerne
noch einmal durchleben – so unglaublich gern!

Sie möchten wissen, wie es weitergeht?
Im zweiten Roman erfahren Sie es!

Sanna H.

„Reale Magie im Land der Spiegel"

Der Schlüssel zum Glück

Das zweite Buch der Romanreihe
„Wie unsere Träume zu Spiegeln werden"

Mehr dazu erfahren Sie auf meiner
Facebookseite: Sanna H. - „Wie unsere
Träume zu Spiegeln werden"

FSC
www.fsc.org

MIX

Papier | Fördert
gute Waldnutzung

FSC® C083411

Zeitfracht Medien GmbH
Ferdinand-Jühlke-Straße 7
99095 Erfurt, Deutschland
produktsicherheit@kolibri360.de